솔직히
퇴사
후회하죠?

솔직히
퇴사
후회하죠?

김민태 지음

공기업을 퇴사하고
자발적 백수가 된 서른 살의 이야기

시크릿하우스

자기소개서

– 자기소개 부탁드릴게요.

아, 요즘은 글도 쓰고, 유튜브도 하고, 취업도 준비 중인 김민태라고 합니다.

– 그럼, '작가님? 유튜버님?'이라고 불러야 될까요?

뭐, 네. 편하신 대로.

최근 한 언론사와 백수의 삶에 대한 인터뷰를 하게 됐는데, 아이러니하게도 가장 답하기 어려웠던 질문은 자기소개였다.

물론 나는 글도 쓰고 유튜브도 하고 있지만, 한 번도 나를 작가, 혹은 유튜버라고 소개해본 적이 없었다. 그것은 '지금의 나라는 사람을 그만큼 대표할 수 있는 단어인가?'라는 의문 때문이었다.

하지만 돌이켜보면, 지금까지 인생에서 나라는 사람은 항상 직업적으로 정의되었던 것 같다. 직장에 다니기 전 나는 대학생 김민태, 취준생 김민태였고, 직장인이 된 후의 나는 공기업에 다니는 김민태였다.

그래서인지 퇴사를 하고 백수가 된 뒤로는 나를 어떻게 소개해야 하나 싶었다. 그동안 이름 앞에 쓰였던 직업이라는 수식어가 없어진데다, 몇 마디 말로 나를 소개한다는 게 내키지가 않아서였다.

그런 의미에서 이 책은 나에게 자기소개서와도 같다. 자기소개서 치곤 길지만, 이 정도는 돼야 나라는 사람을 조금은 설명할 수 있을 것 같다. 뒤늦게나마 그때 제대로 하지 못했던 자기소개를 해본다.

안녕하세요. 김민태구요. 이 책을 썼습니다.

차
례

퇴사 후회하죠?

"퇴사 후회하죠?"라는 질문은 퇴사를 선택한 순간부터 지금까지도 끊임없이 날 괴롭혀 온 질문이다. 저질러놓고 이제 와서 후회한다고 하자니 내 선택을 부정하는 것 같고, 후회하지 않는다고 하기엔 그럴싸한 이유가 떠오르지 않는다.

'굳이 답을 내야 해?'라는 마음으로 한동안은 그 질문을 묻어둔 채 살았다. 하지만 여행의 끝을 향해 갈수록, 유튜브 구독자들이 늘어날수록, 그 질문이 또다시 날 괴롭히기 시작한다. 이제는 후회하느냐 아니냐의 문제가 아니라, 후회하지 않아야 할 것만 같다.

이 여정의 끝에 다다랐을 땐, 이 질문에 명확한 답을 내릴 수 있을까?

Part 1

저지르는 순간
현실이 된다

햇빛의 소리

뜨거운 햇빛 때문일까. 오늘은 유독 페달 밟는 것이 힘들다. 길을 잘못 든 탓인지 몇 시간 째 반복되는 풍경과 내리쬐는 햇빛에 정신은 몽롱하고 허벅지의 감각은 무디다.

'여기서 정신을 잃으면 어떻게 되는 거지? 내가 여기 쓰러져 있다는 걸 누군가 발견하기는 할까? 나는 왜 사람의 발길도 닿지 않는 스페인 시골 길 위에서 이런 개고생을 하고 있는 거지?'

세상에 오직 나만 존재 하는 듯한 고독의 끝에 다다르자 이

내 두려움은 잦아들고 온몸의 미세한 감각들이 살아나기 시작한다. 거친 숨소리와 페달 소리 사이로 이전에 들어본 적 없는 소리가 들려온다. 처음 들어본 소리지만 알 수 있다.

'아, 햇빛에도 소리가 있구나.'

언제 그랬냐는 듯 허벅지의 고통이 사라지며 다리는 날아갈 듯 가볍고 온몸을 휘감는 희열감에 정신이 몽롱해진다.

'어라? 이게 사점인가? 이러면 안 되는데…'

…

…

"김 주임! 점심시간 끝났어요. 김 주임!"

"…네?"

"김 주임 요새 많이 피곤한가 봐. 점심도 안 먹고 잠만 자네"

유럽으로 자전거 여행을 다녀온 지 4년, 난 여전히 그때 꿈을 꾸고 있었다.

여
행
,
그
후

2014년 5월. 자전거로 유라시아를 횡단하겠다는 허무맹랑한 꿈을 가졌던 나는 그동안 출퇴근용으로 타던 자전거에 짐받이를 달고 스페인으로 날아갔다. 처음 계획대로 유라시아를 횡단하지는 못했지만 유럽 5개국을 60일 동안 2,500여 킬로미터를 달렸다.

모두의 응원이 걱정과 우려로 바뀌기까지는 딱 한 달이었다. 사실 애초에 그 정도로 관심을 갖는 사람도 없었을 거다. 그들은 단지 지친 일상 중에 종종 들려오는 나의 여행기를 통해 대리만족 했을 뿐이었다. 여행하는 동안 받았던 관심으로

솔직히 퇴사 후회하죠?

특별한 사람이라도 된 양 착각했던 나는 그저 취업 전선에서
한참 뒤처진 복학생일 뿐이었다.

많이 힘들었다. 하지만 사회는 나를 이해해 줄만큼의 여유
가 없는 듯 했고, 한창 바쁠 때인 친구들에게 호소하기에는 염
치가 없었다.

열정과 패기로 다니던 스타트업을 그만둔 지 어느새 5개월 이 지났다.

말 그대로 열정과 패기만으로 일했기에 모아둔 돈은 없었 고, 취업 준비와 아르바이트를 병행해야 했다.

스타트업에 몸을 담으면서 돈은 모으지 못했지만 하루하루 가 즐거웠고 왠지 내 미래는 참 밝다고 생각했다. 내가 원하지 않던 평범한 회사 생활도 아니었고, 남들과는 다른 길을 가고 있다며 스스로 뿌듯해했다.

하지만 불과 몇 개월이 지난 지금, 그런 건 더 이상 나에게 아무 의미도 없었다. 내가 원래 이토록 작은 존재였던 것인지, 아니면 작은 방에 갇혀 있다 보니 작아진 건지 알 수 없었지만, 그런 생각은 사치일 뿐이었다.

난 하루빨리 이 좁은 곳을 벗어나고 싶었다.

포기 당하다

월세, 교통비, 밥값만 해도 매달 적자였다.

부모님 몰래 만든 신용카드 빚은 점점 늘고 있었지만, 그렇다고 아르바이트 시간을 늘리자니 이력서 쓸 시간이 부족했다.

원래 다들 이렇게 살아가는 건지 궁금했다. 난 그저 대학을 졸업하고 취업을 하려는 것뿐인데, 빚을 지고 시작해야 한다는 게 억울하고 분했다. 하지만 이 분노가 어디를 향해야 하는 건지도 알 수 없었다.

처음 취업 준비를 할 때만 해도 내 꿈을 펼칠 수 있는 회사에 갈 것이라고 마음먹었지만, 이제는 꿈이고 뭐고 그냥 안정적인 회사에서 밥걱정 없이 맘 편히 살고 싶었다.

그렇게 내 꿈은 포기 당했고, 내 눈은 공기업을 쫓기 시작했다.

배부른 소리

이제는 불합격 문자를 받아도 '내가 이런 곳에 지원했었나?' 하는 경지에 이르렀다. 처음엔 그렇게 쓰리던 마음도 더 이상 아무렇지 않았고, 한참 뒤에야 알게 된 사실이지만 서류 합격을 하고도 결과를 확인하지 않아 합격한 줄 몰랐던 회사도 있었다.

너무 무뎌졌던 탓일까, 합격 문자를 받고도 환호성이 나오질 않았다.

드디어 백수 탈출이라는 생각과 동시에, 이제 나도 평범한 회사원이 돼버렸다는 사실이 뭔가 씁쓸했다. 친구에게 얘기했더니 "네가 아직 배가 덜 고픈가보네"라는 핀잔만 돌아왔다.

이상했다. 분명 배가 고픈 건 확실한데, 이걸 먹어도 되는 걸까?

보
이
는
미
래

처음 공기업에 합격한 사실을 알렸을 때, 아버지는 누구보다 기뻐하면서도 우려 섞인 목소리로 물으셨다.

잘 할 수 있겠냐고.

물론 그럴 거라고 대답은 했지만, 사실 알고 있었다.

잘 할 수 없을 거라고.

하지만 에어컨도 없는 5평짜리 방에서, 통장 잔고를 확인하며 하루를 시작하는 삶으로 돌아갈 자신이 없었다.

그렇게 평범한 삶은 살지 않겠다고 다짐했던 나의 평범한 삶이 시작됐다.

솔직히 퇴사 후회하죠?

간
짜
장

평범하고 안정적인 삶은 나와 맞지 않을 것이라는 우려와 달리 회사생활은 생각보다 즐거웠다. 돈 버는 건 정말 신나는 일이니까.

취업 준비를 할 때는 항상 아메리카노만 마셨고, 배달 음식을 먹을 때도 간짜장 대신 그냥 짜장면을 먹었다. 하지만 취업 후에는 아메리카노 대신 그린티 프라푸치노에 샷까지 추가해 마시고, 짜장면 대신 간짜장에 탕수육까지 먹는 호사를 누릴 수 있었다.

오랫동안 누리지 못했던 작은 행복들이 삶의 질을 높여 주는 영향은 꽤나 컸다. 게다가 오후 6시 1분에 나가면 엘리베이터를 놓칠 정도로 칼퇴근이 보장됐기에 퇴근 후 여가시간도 마음껏 누릴 수 있었다.

입사 전, 나는 걱정 근심으로 가득 찼던 나에게 무안할 정도로 단순하고 적응이 빠른 사람이었다.

그렇게 모든 것이 무난하고 무난했다.

텅
빈
지
갑
처
럼

　금요일 오후 5시 59분. 컴퓨터 전원을 끄고 퇴근 준비를 했
다. 주말을 맞아 술 약속이 있는 날이었다. 설레는 마음으로
남은 1분을 기다리는데 언뜻 모니터에 비친 내 모습이 눈에
들어왔다. 일이 힘들었던 것도, 안 좋은 일이 있던 것도 아니
었는데, 그날은 왠지 퇴근을 기다리는 내 모습이 괜스레 짠하
게 느껴졌고, 한동안 자리를 뜨지 못했다.

　'5년 뒤, 10년 뒤 나는 어떤 모습일까?' 고민은 오래 가지 않
았다. 나는 여전히 컴퓨터 앞에 앉아 자판을 두드리며 다가올
주말만을 기다리고 있겠지. 나는 아직 젊고, 하고 싶은 것도

많고, 더 발전할 수 있을 것 같은데, 이곳에서는 더 이상의 그림이 그려지지 않았다. 내 젊음이 소모되는 기분이었다.

아이러니하게도 취업을 준비할 때는 미래가 보이지 않는다는 사실이 나를 슬프게 했는데, 이제는 미래가 뻔히 보인다는 게 나를 더 슬프게 했다.

결국 나는 약속에 늦어 술값을 내야 했고, 밤새 술을 들이부었지만 공허해진 마음만은 채울 수가 없었다. 텅 비어버린 지갑처럼.

찢
어
진
청
바
지

우연히 텔레비전에서 흘러나온 DJ DOC의 노래를 듣고 소름이 돋았다.

"청바지 입고서 회사에 가도 깔끔하기만 하면 괜찮을 텐데"

무려 20여 년 전 노래 가사다. 하지만 여전히 청바지를 입고 출근하기엔 눈치가 보이는 시대라니. 하루 종일 컴퓨터 앞에 앉아 있는데도 굳이 왜 불편한 옷을 입어야 하는지, 전기세 때문에 에어컨을 간헐적으로 켜면서 반바지는 왜 입지 못하는 건지. 이건 회사의 문제인건지 의식의 문제인건지 모르겠다.

나는 그날 찢어진 청바지를 입고 출근했고, '민태 씨는 자유로운 영혼이야'라는 칭찬 아닌 칭찬을 들어야했지만, 마음만은 한결 가벼웠다.

워
라
밸

회사가 싫었냐고 묻는다면 그건 아니다.

그동안 내 삶에서 마주했던 선택의 순간들에는 항상 '돈'이 우선순위이자 가장 큰 걸림돌이었기에 '돈'이 충족된 삶은 꽤 만족스러웠다.

퇴근 후의 삶이 보장되어 있다는 것도 큰 장점이었다. 그래서 의지만 있다면 자기계발이나 취미생활을 즐길 수 있는 여가시간이 충분했다. 소위 워라밸을 중요시하는 사람들에게는 만점에 가까운 회사인 셈이었다.

물론 나도 처음엔 그렇게 생각했다. 퇴근 후 헬스, 독서, 킥복싱, 가죽공예, 축구, 자전거 라이딩 등 다양한 취미 생활을 즐겼다. 아니, 사실 즐겼다기보다는 즐기기 위해 노력했다가 맞다. 회사에서 채워지지 않는 만족감을 어떻게든 다른 방법으로 채우고 싶었다. 내가 원하던 회사 생활과는 조금 거리가 있을지라도 여가시간을 알차게 보내면 나름대로 만족스러운 삶이 되지 않을까 싶었다.

하지만 모든 일은 사람 마음먹기에 달렸다고. 퇴근 후 운동을 한다던가, 독서를 한다는 마음은 집에 도착하는 순간 사라져버렸다. 난 운동이나 독서가 아니라 그저 퇴근이 하고 싶었던 거다. 퇴근 후가 즐겁다 한들 하루의 절반인 회사에 있는 시간이 즐겁지 않으면 무슨 소용인가. '내 인생도 절반만 즐거운 것은 아닌가.'라는 생각이 들었다.

무료한 회사 생활이 어느새 퇴근 후의 삶에도 조금씩 영향을 끼치고 있었고, 삶에서 일을 분리하는 건 쉬운 일이 아니었다. 그렇게 조금씩, 회사와 멀어져갔다.

한탄 배틀

스타트업에 잠시 몸담았을 때에는 체력적, 금전적으로 훨씬 힘들었다. 외근도 잦은데다가 무엇보다 처음 몇 달은 월급 자체가 없었고, 그 이후로도 정말 딱 굶어죽지 않을 정도였으니까.

그럼에도 불구하고 그만두고 싶다는 생각이 들지는 않았다. 오히려 행복했다. 같은 목표를 가진 사람들과 함께 미래에 대해 고민하며 앞으로 나아가는 내 모습이 마음에 들었다.

그런데 공기업에서는 회식이 길어지고 적당히 취기가 올라오면 사람들의 신세 한탄 배틀이 시작됐다. 돈 걱정부터 자식 걱정, 회사 걱정 등 누가 더 걱정이 많고 힘든 처지에 있는지 한탄하며 스스로를 깎아 내렸다. 마치 누가 더 힘든지 겨루는 모습이었다.

그런 대화가 오가는 자리에 있다 보면 나조차도 없던 걱정까지 생겨 마음이 무거워지고, 그런 모습에 물들기 싫어 빨리 자리를 뜨고 싶었다.

정말로 본인의 신세가 한탄스러운 것인지, 아니면 겸손이 미덕이라 여겨 앓는 소리를 하는 것인지 분간이 안 됐지만. 내 마음이 떠나는데 일조했다는 것은 확실하다.

떠
나
지
못
할
이
유

막상 퇴사에 대해 생각해보니 설렘보다는 걱정이 앞섰다. 마음을 다잡기 위해 A4용지에 퇴사를 해야만 하는 이유를 적어봤지만 여행을 하고 싶다는 이유 외에는 없었다. 이 정도로는 부모님은 물론이고 나 자신도 설득할 수 없었다. 그래서 역으로 여행을 떠나야만 하는 이유를 적어봤다.

- 어렸을 적부터 꿈꿔온 세계 여행의 꿈을 이루기 위해.
- 언제 죽을지는 모르지만 언젠가는 죽는다.
- 언젠가 내가 죽을 때, 못 먹은 밥 보다는 못 이룬 꿈이 생각날 것 같다.

솔직히 퇴사 후회하죠?

• 취업은 다시 할 수 있지만 시간이 지날수록 떠나지 못할 이유는 늘어난다.

여행을 떠나야만 하는 이유를 정리하니 생각이 조금은 명확해졌다. 언제인지는 몰라도 언젠가 죽을 테고, 시간이 갈수록 내가 책임져야 하는 것들이 많아지면서 떠나지 못할 이유는 점점 늘어갈 것이다. 그렇다면 떠날 수 있는 가장 좋은 시기는 바로 지금이다.

세계 여행. 회사 생활을 시작하며 이제 나와는 거리가 먼 허망한 꿈이라 여겼는데, 막상 글로 적힌 세계 여행이라는 단어를 보니 더 이상 꿈이 아닌 것 같았다. 물론 결심을 곧바로 행동으로 옮기는 일은 쉽지 않았다. 여행에서 돌아온 후의 불안정한 삶을 감수하고도 떠날만한 가치가 있는 것인지. 단순히 현재의 감정에 휘둘려 현실을 도피하려는 것은 아닌지. 생각을 깊이 할수록 확신은 옅어졌고, 명확한 답을 얻지 못한 채 시간은 흘러갔다.

솔직히 퇴사 후회하죠?

불행복

　계속되는 고민에 지쳐 생각을 멈춰버리고 현실로 돌아와 생활하다보니 세계 여행의 꿈도 조금씩 잊혀갔다. 조금 무료하기는 했지만, 그냥 순응하고 사는 것도 그리 나쁘지 않겠다는 생각도 들었다.

　그 무렵 어느 과장님이 내가 근무하던 지사로 발령받아 오게 됐는데, 나와는 마음이 잘 맞아 퇴근 후에 가끔 술자리를 갖곤 했다. 하루는 회사 생활에 대해 이야기를 나누다가 술김에 그동안의 고민을 털어 놓았다. 과장님은 내 얘기를 끝까지 가만히 들으시곤 조심스레 말씀하셨다.

　솔직히 퇴사 후회하죠?

"나도 그렇고, 여기 있는 모두가 너 같은 고민을 했을 거야. 내 사업도 해보고 싶고, 여행도 떠나보고 싶고. 근데 별 수 있나. 만족하고 살아야지"

"왜요? 해보면 되잖아요."

"무서워. 이 모든 걸 버리면 불행해질까봐."

쓸쓸하지만 가장 적합한 표현이었다. 생각해보면 안정적인 직장 생활을 하면서도 회사 생활이 행복하다고 생각해본 적은 많지 않았다. 친구들, 직장 동료들과의 술자리에서도 항상 누가 더 힘든지 한탄하기 바빴지, 정작 회사 생활에 만족하는 사람은 그리 많아 보이지 않았다. 물론 책임져야할 부양가족이 있고 잃을 것이 많은 사람들이야 그럴 수 있다지만, 대체 나는 무엇이 두려워 불행하게 살고 있는 걸까.

어쩌면 우리는 불행해지는 게 두려워 불행하게 살고 있는 건 아닐까.

행복
도
피

"현실 도피하는 거 아니야?"

난 친구의 질문에 바로 답하지 못했다. 정말로 여행이란 게
나에게 그 정도로 큰 의미가 있는 것인지, 아니면 무료한 회사
생활에서 도피하고자 퇴사할 이유를 만들어낸 것인지.

며칠을 고민해 봐도 마땅한 답을 찾지 못했다. 이 정도로 고
민을 했는데도 답을 내리지 못했다는 건, 답을 찾지 못했다기
보다 답이 없는 것 같았다. 문득, 질문 자체가 이상하다는 생
각이 들었다.

여행이 현실 도피라면, 여행은 현실이 아니라는 건가? 행복

하기 위해 떠나는 게 왜 현실을 도피하는 게 되는 걸까? 현실과 행복은 별개여야만 하는 걸까? 현실에 살고 있으면서 현실이란 단어는 참으로 부정적이다.

그제야 친구의 질문에 답할 수 있게 됐다.

"아니. 내 회사 생활이 도피였어. 행복 도피."

내
편

퇴사를 결심했으니 이제 마지막 관문이 남아있었다. 부모님을 설득시키는 것. 어렸을 적부터 내가 어떤 일을 하던 믿어주셨던 부모님이지만 이번엔 상황이 달랐다. 몇 달 뒤면 서른인 내가 안정적인 직장을 버리고 여행을 떠난다는 건 부모님 입장에서도 마냥 응원만 할 수는 없는 일임을 알기에 나로서도 망설일 수밖에 없었다. 한참을 망설이다 용기 내 전화를 드렸다.

그동안 회사 생활을 하며 느꼈던 것들, 내가 여행을 떠나기로 마음먹은 이유를 말씀드리자 엄마는 한참을 가만히 들으시고는 작은 한숨과 함께 말씀하셨다.

"민태야. 엄마는 네가 행복했으면 좋겠다."

엄마의 작은 한숨이 마음에 걸리긴 했지만, 그 한마디와 함께 그간 해온 고민들이 무색할 정도로 마음이 편안해졌다. 어쩌면 내가 걱정했던 건 엄마의 마음이 아니라 확신을 갖지 못한 내 마음이었나 보다.

세상에 무조건적인 내 편이 존재한다는 건 정말 행복하고 감사한 일이다.

세
번
째
사
직
서

오전 9시. 출근과 동시에 부장님께 사직서를 내밀었다. 이미 나의 퇴사 소식은 우리 부서뿐 아니라 다른 지사에도 공공연히 알려진 사실이었기에 부장님은 크게 놀라지 않으셨다. 부장님은 잠시 머뭇거리시고는 허허 웃으시며 말씀하셨다.

"내가 30년 근무하는 동안 사직서 받아보는 게 세 번째다."

첫 번째는 주식 투자, 두 번째는 사업 때문이었던 걸로 기억한다. 신입이 여행을 간다고 회사를 그만두는 건 내가 처음이란다. 부장님 말씀을 들으니 순간 내가 정말 미친 짓을 하는 건가 싶었지만, 이제는 돌이킬 수 없었다. 부장님과 악수를 하고 돌아서는데 헛웃음이 나왔다. 그리고는 괜히 우쭐해졌다.

어쩌면 나도 정상은 아니겠다 싶었다.

행복해지기 위한 선택

마지막 출근 날. 회사 게시판에 글을 올렸다. 그간 회사 생활을 하며 느꼈던 것들, 그리고 내가 왜 퇴사를 결심했는지. 사실 남아 있는 사람들에게 그게 무슨 의미가 있겠냐마는, 아마 철없는 놈으로 비치기 싫어 괜스레 혼자 찔렸던 것 같다.

그런데 별 내용도 없는 글에 많은 분들이 댓글이며 쪽지, 전화 등으로 진심이 담긴 응원을 보내주셨다. 난 그저 내가 행복하기 위한 선택을 했을 뿐인데 일면식조차 없는 이들에게 응원을 받으니 조금은 어리둥절했다.

난 알고 있다. 내가 행복해지기 위한 선택으로 퇴사를 선택한 것처럼, 그들도 저마다 행복해지기 위한 방법이 있을 거라고. 회사 생활을 유지하는 것이 그들에겐 한 가지 방법일 것이라고.

아직도 가끔씩 그때의 선택에 의문이 들 때면, 일면식조차 없던 그들이 보내준 응원을 떠올리며 힘을 얻는다.

그들도 각자의 방법으로 행복해질 거라 믿는다. 나도 그들의 행복을 진심으로 빌어주기로 했다. 조금은 다른 방식으로.

민태 씨~
나는 공단에 30년 가까이 다니고 있고 지금은 □□□□에서 팀을 맡고 있는 ○○○이라고 합니다.
본인의 허락을 받지 않고 조직도에 있는 핸드폰 전화번호를 등록하고 이리 불쑥 문자를 보내는 무례를 범하게 되어 대단히 미안합니다. 민태 씨가 마지막 근무한 날의 다음 날에야 민태 씨 글을 뒤늦게 읽고 댓글은 달았지만 못내 아쉬워 이리 긴 메시지를 보냅니다.

인디언 말로 친구란 '나를 대신하여 내 짐을 지고 가는 사람'이라는 뜻이라면, 민태 씨를 '친구 같은 후배'로 맞이하고 싶은 욕심이 생겨 이리 문자를 보냅니다. 우리가 서로 언제 만나볼 수 있을지는 모르겠지만 연락하며 지내는 사이였으면 합니다.

나는 경기도 △△△에 살고 있으며, 금요일 밤에 △△△에 오고 일요일 밤이면

회사로 내려가는 그런 생활을 합니다. 시간 되면 꼭 한번 만나보고 싶네요. 민태 씨 글에 댓글이 이미 134개가 달렸고, 나는 그 댓글 모두(본문 포함해서)를 아래에 한글로 편집 중에 있습니다. 댓글은 당분간 계속 이어질 듯합니다. 그 댓글들은 민태 씨가 힘든 일을 만날 때마다 큰 용기와 위로를 줄 수 있다고 믿기에 내가 하나하나 정리해 두었다가 민태 씨에게 이메일로 전달하고자 합니다.

이메일 주소를 알려주면 반드시 전달할 것을 약속하겠습니다. 불쑥 이런 메시지를 받게 되어 당혹스러울 수 있겠지만, 나의 '친구 같은 후배'가 되어 줄 수 있겠는지요? 나이 오십, 육십이 넘어서야 간신히 깨닫고 회한으로 남기는 일을 서른 살이 가기 전에 실행에 옮기는 용기에 다시 한번 깊은 박수를 보냅니다.

하나님의 가호가 함께 하기를, 그리고 항상 건승하기를 기도합니다.

저지르는 순간 현실이 된다

세계 여행을 구체적으로 생각해본 적은 없었다. 많은 사람들이 그렇듯 버킷리스트 상단에 적혀 있는 막연한 꿈, 딱 거기까지였다. 가끔씩 SNS를 통해 막연한 꿈을 이룬 사람들의 여행기를 보며 가슴이 두근거릴 때도 있었지만, 오히려 그럴수록 현실과의 괴리감은 더 크게 다가왔다. 어느새 조금씩 잊힌 그 꿈은 마음 깊숙한 곳 어딘가에 조용히 묻혀 있었고, 한동안은 꺼내 본 적이 없었다. 사실상 여행을 떠날 기회는 백수였을 때가 더 많았음에도 왜인지는 모르겠지만 취업을 하고 난 지금에서야 그 꿈이 다시금 말을 걸어왔다.

'너 진짜 날 이대로 묻어 둘 거야?'

너무도 막연한 꿈이었기에 지레 겁을 먹고 무시하려고 했지만 그럴수록 그 소리는 더욱 커져갔다.

"그래. 이제 한 번 꺼내볼 때가 되긴 했지."

막상 그 꿈을 꺼내 펼쳐보니 내가 왜 이걸 여태 그냥 두었을까 싶었다. 이루기 어려운 꿈이 아니었다. 구체적으로 생각해보지 않았을 뿐.

이제 나와는 거리가 먼 막연한 꿈이라 여겼는데, 저지르는 순간 현실이 됐다.

Part 2

자발적
백수로 살다

서울, 파리

세계 여행의 시작은 뉴질랜드로 결정했다. 워킹 홀리데이 비자를 받아 뉴질랜드에서 여행과 일을 병행하며 세계 여행 자금을 충족시키기 위해서다. 출국까지 남은 두 달 동안 무엇을 할까 고민하던 중, 문득 서울로 관광을 다녀온 프랑스 친구가 했던 말이 떠올랐다.

"한국은 너무 복잡하고 바빠. 어딜 가던지 24시간 불이 켜져 있어."

물론 틀린 말은 아니었지만 그가 본 것은 한국보다는 서울

솔직히 퇴사 후회하죠?

에 가까웠다. 인생의 반 이상을 지방에서 보낸 내가 아는 한국과 그가 본 한국은 분명 달랐다. 일전에 에펠탑만 보고 와서는 프랑스를 다 본 마냥 얘기하던 친구에게 느꼈던 불편함이 다시 한 번 느껴졌다.

"음. 그건 서울. 파리가 프랑스의 전부는 아니잖아?"

그때 이렇게 얘기해줬어야 했는데.

그렇다면 나는 한국에 대해 얼마나 잘 알고 있을까. 생각해보니 세계 여행을 떠난다는 놈이 나이 서른이 될 때까지 아직 제주도도 한 번 안 가봤다. 어떻게든 시간만 나면 해외로 나가려고 했지 정작 한국은 제대로 둘러본 적이 없었다. 작은 땅덩어리지만 지역마다 고유의 문화며 분위기가 가지각색일 텐데 말이다.

먼저 여행을 떠나기 전에 한국을 둘러봐야겠다고 결심했다.

특이한 놈

퇴사를 하고 머리를 바짝 밀었다. 여행을 할 때는 짧은 머리가 편하기도 하고, 이참에 삭발 머리도 해보고 싶었다. 여행한다고 퇴사하고, 퇴사하더니 삭발을 해버리고. 나더러 참 특이한 놈이란다.

어릴 적부터 나 자신이 특이한 사람이길 바랐다. 하지만 시간이 지나며 알게 된 건, 난 그저 특이해지고 싶은 평범한 사람이었다는 것이다. 그리고 한동안은 그 사실을 인정하고 싶지 않았다. 변한 건 없는데 이제야 특이하단 소릴 듣다니.

한국은 하고 싶은 일을 하면 특이한 사람이 되는 곳이다.

그랭이
공법

20대 때나 지금이나 삶에서 가장 어려운 일 중 하나는 인간관계다. 상대방은 물론 나 자신을 온전히 이해하는 것도 힘든 일이기 때문이다.

20대의 나는 주관이 강하고 조금은 모난 사람이었다. 말수는 적었지만 어떤 상황에서든 내 의견을 피력하고자 노력했다. 솔직한 내 모습을 보여주면 그들도 나를 진심으로 대해줄 거라고 생각했다.

하지만 평소에 말수는 적으면서 의견을 적극적으로 피력하

는 나에게 그들이 느낀 감정은 오히려 불편함에 가까웠던 것
같다. 그런 느낌을 받은 이후로 인간관계에 문제가 생길 때마
다 내가 선택한 방법은 맞서 싸우기보다는 피하는 쪽이었다.

불국사에 갔다가 우연히 '그랭이 공법'이란 걸 알게 됐다. 인
공석을 자연석에 맞추어 깎아 맞물려 놓는 공법으로 지진도
견딜 정도로 튼튼하다고 한다.

인간관계도 비슷한 것 같다. 관계란 언제나 불완전한 이해
가 동반되기에 한쪽을 깎아 내야만 서로 맞물릴 수 있다. 모난

돌끼리 서로 자신에게 맞추기 위해 부딪히다 보면 결국 한 쪽
은 마모되어 소멸될 테니 말이다.

그랭이 공법을 조금 더 일찍 알았더라면 인간관계가 조금
은 더 풍요로웠을 텐데.

인간 존중

머리를 삭발한 탓에 한국을 여행하는 동안은 항상 모자를 쓰고 다녔다.

하루는 첫 만남부터 반말을 하시던 숙소 사장님께서 갑자기 존댓말을 하시기에 무슨 일인가 싶었는데, 아마 모자를 벗은 내 모습을 보시고는 존댓말을 하신 듯 했다. 뭐 다른 사람이라고 착각하셨을 수도 있고, 아니면 모자를 벗은 내 모습에 반말하기는 쉽지 않으셨나 보다.

인간에 대한 존중은 두려움에서 나온다. 민원실에서 근무할 당시 어려 보인다는 이유로 반말은 물론, 나이도 어린 네가 뭘 아냐는 식의 무시를 많이 받았었다. 그런 민원인들의 대부분은 나이 지긋하신 과장님이나 부장님이 나오시면 언제 그 랬냐는 듯 순한 양이 되곤 했다.

만약 그때 그 자리에 이 머리모양으로 앉아 있었다면 일하는 게 좀 더 수월했을까?

솔직히 퇴사 후회하죠?

인
생
샷

엄마는 내가 여행을 다녀오면 항상 사진을 보여 달라고 하신다. 그럴 때마다 카카오톡으로 사진 몇 장을 보내드렸는데, 하루는 엄마가 사진 좀 보여주는 게 그렇게 힘드냐며 섭섭해 하셨다. 하지만 문제는 사진을 보여드리는 게 싫은 게 아니라, 실제로 볼만한 사진이 몇 장 없다는 것이다.

혼자 여행을 하면 불편한 것 중 하나가 사진 찍는 일이다. 언제부턴가 인생 샷이라는 단어가 생긴 이후로 나도 사진 한 장 남겨야 되는 건가 싶다가도, 타이머로 찍자니 귀찮고, 셀카 봉을 들자니 괜스레 멋쩍어 가방에 처박아 두기 일쑤였다. 사실 눈에 보이는 만큼 사진에 담지도 못하고, 내 인생 샷은 머릿속에나 있으니 그걸로 됐다.

그래도 가끔씩 여행하던 때의 기억을 꺼내볼 때면, 그때의 감정은 여전히 생생한데, 그때의 내 모습이 떠오르지 않아 씁쓸할 때가 있다. 나는 그때 어떤 옷을 입고, 어떤 머리를 하고, 어떤 표정을 짓고 있었을까?

이제는 사진 찍는 습관을 들여야겠다. 미래의 나, 그리고 엄마를 위해.

뉴질랜드에 도착하자마자 공항에서 루카스라는 친구를 만
났는데, 얘기를 나누다 보니 나와 동갑에 숙소도 가까운 곳
에 있어서 한동안 함께 다니게 됐다.

루카스는 호주에서 2년간 워킹 홀리데이를 하며 영주권을
받기 위해 노력했지만 안타깝게 실패했고, 뉴질랜드에서 다
시 한 번 영주권에 도전하기 위해 왔다. 확실한 목표가 있어서
인지 이제 어느 도시로 갈 것이며, 어떤 일을 한 것인지 등 계
획이 명확한 친구였다. 한참 동안 자신의 얘기를 들려주던 루
카스가 물었다.

"민태야. 회사까지 그만두고 뉴질랜드에서 얻으려고 하는 게 뭐야?"

"음. 글쎄… 새로운 경험…?"

내가 봐도 자신 없어 보이는 대답이었기에 대답을 하고도 얼굴이 화끈거렸다. 새로운 경험을 위해 뉴질랜드에 온 건 맞지만 어떤 경험을 하고 싶은지, 경험을 통해 얻고 싶은 건 무엇인지, 한국에 돌아가서는 그 경험을 어떻게 활용할 것인지 등 구체적으로 생각해본 것은 없었다. 퇴사를 결정하기부터 뉴질랜드에 오기까지 많은 고민을 했다고 생각했는데 여전히 머릿속엔 뜬구름 같은 생각들만 남아 있었다. 하지만 그렇다고 해서 더 구체적으로 고민하고 싶지는 않았다. 그저 이제 자유라는 생각으로 현재를 즐기고 싶었으니까.

'지금은 물음표만 가득 안고 왔지만, 이곳을 떠날 때는 느낌표로 가득하겠지.'

그땐 몰랐다. 그게 얼마나 무책임하고 철없는 생각이었는지.

편
견

뉴질랜드에 도착한지 일주일 만에 150만 원을 주고 중고차를 구입했다. 가격이 많이 저렴한 게 마음에 걸리긴 했지만 차주인이 키위(뉴질랜드 현지인을 이르는 말)라는 이유로 별 의심 없이 바로 거래를 진행했다. 뉴질랜드에 오기 전부터 키위는 정직하다는 얘기를 많이 들었기 때문이다.

하지만 불과 하루 뒤, 거짓말처럼 차 시동이 걸리지 않았고, 수리를 맡긴 카센터 직원의 말은 더욱 충격적이었다. 차 주인이 시스템 상 오류를 일시적으로 숨긴 뒤 판 것 같다는 것이다. 뒤늦게 판매자에게 연락을 취해봤지만 당연히 연락은 되

솔직히 퇴사 후회하죠?

지 않았다.

　정말 속이 쓰렸던 건 차 가격에 버금가는 수리비를 냈다는 사실보다 정직하다고 믿었던 키위에게 속았다는 것이다. 키위는 정직하다는 건 편견에 불과하고, 그 편견을 사실이라 믿은 건 나 자신이었음에도 말이다.

　우리는 알게 모르게 편견 속에서 살아간다. 서양인은 개방적이다, 키위는 정직하다, 한국인은 정이 많다 등등. 돌이켜보면 나도 외국인들과 대화를 나눌 때 한국인은 어떻다, 한국은 이렇다 같은 이야기를 종종 하곤 했었다. 편견 없이 살자고 매번 다짐하면서도 결국은 나도 그들에게 편견을 사실인 양 얘기하고 있었던 것이다.

　한국인은 정이 많은 게 아니라, 정이 많은 사람이 정이 많은 거다.

상상이 현실이 되는 순간

외국살이에 대한 막연한 환상이 있던 건 아니었지만, 새로운 환경에 대한 기대와 설렘이 컸던 것 또한 사실이다. 하지만 생각보다 더 부족한 내 영어 실력부터 빈번한 인종차별, 여전히 녹록치 않은 경제력, 그리고 외로움까지, 현실은 생각보다 훨씬 더 현실적이었다. 그럼에도 고개를 돌리면 펼쳐지는 그림 같은 풍경, 아무도 나를 모른다는 자유로움, 그리고 무엇보다 나 홀로 인생의 모든 것을 결정하고 책임지고 있다는 사실만으로도 만족감은 충분했다.

하지만 아이러니 했던 건, 분명 내가 그렇게 바라온 꿈들을 직접 마주하고 있음에도 왠지 슬플 때가 많았다는 것이다. 그 슬픔의 이유를 정확히 알지는 못했지만, 아마 앞으로 내가 겪을 일들, 내가 느낄 수 있는 감정들이 점점 줄어들고 있다는 생각 때문이었던 것 같다.

상상이 현실로 대체되는 순간은 꽤나 슬픈 것 같다. 앞으로 더 많은 것들이 그럴 테고, 그 강도는 덜해지겠지.

뉴질랜드 냄새

우연찮은 기회로 한 농장에 며칠 간 머무른 적이 있었다. 하루는 그 농장 주인의 동생 결혼식 파티에 초대를 받았다.

외지인은 항상 큰 관심을 받기 마련이다. 사람들은 내가 먼 이국땅에서 왔다는 이유만으로 나를 챙겨주었고, 덕분에 그동안 조금씩 느껴왔던 외로움을 달랠 수 있었다. 하지만 시간이 흐르자 처음엔 관심 반, 호기심 반으로 나를 대해주던 이들도 점차 본인들만의 무리로 돌아갔고, 그 모습을 보고 있자니 다시금 외로움이 고개를 들었다.

'그래. 나는 가족도, 친구도 아니고, 그저 스쳐지나가는 인연

일 뿐이지.'

나는 한국에서도 친구가 별로 없는 편이었다. 그래서 살면서 마음 맞는 사람 찾기가 쉬운 게 아니라는 걸 누구보다도 잘 안다. 당연히 그들이 나를 온전히 받아주기란 힘들다는 것도 알고 있었지만, 잠시나마 느꼈던 온기 탓인지 외로움은 더 크게 느껴졌다.

그래도 언덕 너머로 노을을 보고 있자니 조금은 위로가 됐다. 친구에게 영상 통화로 노을을 보여주니 화면으로 보는 데도 뉴질랜드 냄새가 난다며 난리다. 그제야 나도 숨을 크게 들이마셔 본다. 뉴질랜드 냄새가 진하다.

솔직히 퇴사 후회하죠?

외국 생활이 불만족스러웠던 건 아니었지만 항상 흥미진진했던 것도 아니었다. 게다가 나이 서른에 퇴사까지 하고 왔으니 이곳에서만 할 수 있는 색다른 무언가를 해보고 싶었다. 그러다 우연히 선원을 모집하는 공고를 보았고, 도전해봐야겠다는 생각이 들었다. 쉽게 말해 원양어선을 타는 일이었는데, 평소에 극한직업이란 프로그램의 애청자였던 나는 고민할 것도 없이 지원서를 작성했다.

그런데 뉴질랜드 안에서 웬만한 정보는 인터넷에 널려 있음에도 이 일에 관해서 만큼은 아무리 검색을 해봐도 찾을 수가 없었다. 그러다 우연히 1년 전에 원양어선 일을 지원했던 한국인을 만났다. 한국인들에게는 많이 알려지지 않은 직업인데다가 본인도 지원을 했었는데 워킹 홀리데이 비자라는 이유로 떨어졌다고 했다. 보통 배가 한번 출항하면 장기간 바다에 머무르고, 일의 강도도 매우 세기 때문에 기간이 제한된 비자를 가진 워홀러들을 꺼려한다는 것이다. 이런 얘기를 들으니 오히려 더 해보고 싶다는 욕심이 생겨서 지원서를 정말 열심히 썼다. 아마 취업 준비를 하면서 썼던 이력서에 버금갈 만큼의 노력을 들였던 것 같다.

예상 외로 지원서를 제출한지 얼마 되지 않아 인터뷰를 보러 오라는 연락을 받았고, 결론적으로 인터뷰에 합격해서 원양어선에 오를 수 있었다. 아마 뉴질랜드에서 원양어선을 타는 한국인은 내가 최초일지도 모른다는 생각에 마냥 신이 난 나는 만선의 꿈을 안고 배에 올랐다.

그때 조금 더 신중했다면 지금 손목 때문에 물리치료를 받을 일은 없었을 텐데.

그래도 훗날 내 자식이 일이 너무 고되다고 한탄한다면 피식 웃으며,

'얘야 소싯적 네 아비는 말이다…' 하며 들려줄 이야기가 생겼다.

＊일의 강도

배에 오르는 순간 '나는 반죽음 상태로 내리게 되겠구나'라고 생각하면 된다. 자신이 워홀러인데도 구직에 성공했다면 포지션이 무엇인지를 먼저 알아보길 바란다. 비어있는 포지션은 그만큼 공석이 생기는 이유가 있는 것이고, 배에 오르는 순간 중도 포기는 없으니 신중할 것.

내 포지션은 '파운드'였는데, 잡은 생선들을 쌓아두는 임시 저장소라고 보면 된다. 그 저장소에 산처럼 쌓여있는 생선들을 조그마한 구멍으로 빼내서 레일로 보내는 게 일이었다. 보

통 한 번에 10톤 정도의 물고기가 잡혀 저장소로 들어온다. 이
것들을 빼내려면 입구라고 하기에도 작은 구멍으로 기어들어
가서 물고기 산을 네 발로 기어올라 생선들을 있는 힘껏 발로
까 내린 뒤, 다시 들어왔던 구멍으로 빠져나와 레일을 작동시
켜 생선들을 이동시켜야 한다. 이 짓을 보통 5분에 한 번꼴로
해야 하기 때문에 일을 하는 6시간 내내 숨이 차고 옷은 땀으
로, 장화는 물로 젖어 있다. 옷은 빨면 그만이지만 장화는 마
지막 날까지 마를 새가 없었다. 차라리 배가 전복돼서 구명보
트를 타고 집에 가고 싶다는 생각을 하루에도 수없이 했다.

만약 배를 2주 동안 탔다면 배에서 내린 뒤 배를 탄 기간과
같은 2주간의 유급 휴가가 주어지고, 다시 배에 오르는 방식
으로 진행된다. 배를 타기 전에는 "와 최고네!" 하겠지만 일을
해보면 왜 유급 휴가를 주는지 알 수 있을 것이다. 그렇다. 요
양비다.

끝나고 들은 얘기지만 사실 내 포지션은 최소 3명이서 로테
이션을 돌려야 하는 포지션인데 이번엔 인원이 부족해서 나
혼자 한 것이었다고 한다. 더 이상 무슨 설명이 필요할까.

* 근무환경 및 수입

배는 24시간 풀가동되기 때문에 6시간씩 2교대로 근무한다. 6시간을 일하고 뒷정리, 샤워, 식사를 하고 나면 4시간 반 정도가 남는데, 항상 잠이 부족하므로 모두 잠에 투자해야만 한다. 물론 배가 심하게 요동치기 때문에 도중에 깨는 일이 다반사이므로 숙면은 불가하다.

그렇게 6시간 휴식 후 다시 6시간 근무. 배에서 내리는 순간까지 휴일 없이 하루 12시간 근무라고 보면 된다. 하루 12시간 근무지만 6시간씩 2교대이다 보니 하루에 샤워를 2번, 취침을 2번 하게 되는데, 이 때문에 이틀이 지난 것 같지만 고작 하루가 지난 아주 멋진 경험을 매번 하게 된다. 처음엔 정말 정신병에 걸리는 줄 알았다.

첫날 일을 마치고 나니, 여기서 조금이라도 컨디션 조절에 실패한다면 끝까지 못 갈 거라는 생각이 가장 먼저 들었다. 덕분에 몸 관리를 정말 철저히 했다. 최대한 말은 줄이고, 많이 먹고, 잘 자고. 혹시나 해서 가져간 노트북은 열어보지도 않았고 핸드폰도 거의 만지질 않았다. 물론 핸드폰은 터지지도 않았지만.

　내가 탔던 배는 총 40명 정도의 선원이 있었는데 그중 신입은 나를 포함해 딱 3명이었고 나머지는 최소 2년 이상의 경력자들, 슈퍼바이저는 배를 45년 탔다고 했다. 총 40여 명의 선원 중 미얀마인 2명과 나를 제외하면 모두 뉴질랜드 사람이었고, 수년간 같은 팀으로 일 해온 사람들이기에 매우 가족 같은 분위기였다. 뱃사람들이라 거친 면이 없지 않지만 다들 친근하게 대해주었다.

보수는 70프로의 기본급과 30프로의 인센티브로 구성되는데, 인센티브의 경우 출항 전 정해진 포획 목표치를 넘기면 플러스, 그렇지 못하면 마이너스가 된다. 기본적으로 기본급이 매우 적은 편이다보니 생선을 많이 잡아야만 고생에 대한 보상을 받을 수 있다. 나의 경우 기대치보다 밑도는 금액을 받아 매우 허무했다. 물론 다른 일들에 비해선 많은 금액이지만 말이다. 다만 배를 연속으로 타게 되면 급여가 두 배로 올라간다. 따라서 포획량이 좋은 시기에 배를 연속으로 타게 된다면 꽤나 짭짤한 수입을 올릴 수 있다.

숙소는 2인 1실 또는 4인 1실을 쓰게 되는데 생각보다 쾌적하다. 각 방에 텔레비전도 설치되어 있는데 난 한 번도 켜본 적이 없다. 침대는 편안하지만 앞서 말했듯 숙면은 불가하다고 보면 된다. 롤러코스터를 타면서 자는 기분이랄까.

식사는 하루 세 끼 모두 뷔페식으로 매우 잘 나온다. 천근같은 몸으로 칼같이 기상할 수 있었던 이유 중 하나가 밥이 맛있어서다.

솔직히 퇴사 후회하죠?

총평: 단기간에 많은 돈을 벌고 싶더라도 다른 일을 하기 바란다. 나는 그 때 다친 손목으로 여전히 고생 중이다. 몸을 버려도 되고 특별한 경험을 원한다면 일의 강도가 낮은 포지션이라는 가정 하에서만 한 번쯤 도전해볼 만하다.

나무 반지

하지 말라면 더 하고 싶은 이상한 고집이 있다. 그 중 하나가 머리를 기르는 것이고, 또 하나는 한동안 오른손 검지에 자리 잡은 나무반지다. 주말에 열리는 동네 마켓에서 2불을 주고 산 나무 반지인데, 싼 게 비지떡이라고 며칠이 지나자 문양이 지워지고 색이 바래지기 시작했다. 처음엔 나도 조금만 끼다가 버려야지 했는데, 주변에서 문양도 다 지워진 걸 뭣 하러 끼냐는 소리를 듣다 보니 괜스레 빼기가 싫어졌다. 그런데 반지의 색이 조금씩 벗겨지면서 본래의 나무 색이 나타나기 시작했고, 그 자연스런 나무의 색이 맘에 들기 시작했다.

　　　　　　　　　　　　　솔직히 퇴사 후회하죠?

이게 나무의 본래 모습인데 그 가치를 잃는다는 것이 안쓰럽기도 하면서, 새로운 환경에서 조금씩 본래의 모습을 찾아가는 나와 닮은 것 같다고 느꼈던 것 같다. 결국 반지는 색이 모두 벗겨졌지만 그럼에도 한동안은 내 손가락에 그대로 있었다.

바다가 다르다

유독 외국에서 바닷가를 많이 찾았다. 바다가 가까웠기 때문이기도 하지만 왠지 외국에서 보는 바다는 한국의 바다와는 다른 묘한 끌림이 있었다. 같은 하늘 아래 있는데도 어찌 이렇게 차이가 날까 싶을 정도로.

그날도 어김없이 해변에 앉아 맥주를 마시고 있었는데, 문득 제주도 바다가 떠올랐다. 사실 우리나라도 제주도뿐만 아니라 예쁜 바닷가는 정말 많다. 근데 왜 외국 바다가 유독 예쁘고 평화롭게 느껴지는 걸까? 주변을 둘러보자 그 이유를 바로 알 수 있었다. 문제는 바다가 아니었다.

아마 이 바다를 그대로 한국으로 옮겨 놓는다면, 얼마 안 가서 바다 앞에는 화려한 전구가 주렁주렁 달린 조개구이집들이 늘어설 것이다.

우연치 않은 기회에 유학생 인솔교사 일을 하게 됐다. 한국
농정원 주최로 농어촌 중, 고교 학생들이 뉴질랜드로 어학연
수를 오게 됐고, 마침 현지 인솔교사를 구한다는 소식을 듣고
지원한 것이었다. 한국 학생들이 뉴질랜드 가정에 머물며 각
자 배정된 현지 학교에 다니는 프로그램이었다. 난 그 학생들
을 관리하는 일을 맡았다.

인솔교사 일을 시작하면서 시간적 여유가 많이 생겼다. 덕
분에 그동안 해보고 싶었던 영상 편집도 배우고, 남는 시간에
헬스와 수영을 하기 시작했다. 회사생활을 할 때는 일하고 남

는 시간을 쪼개서 여가활동을 했는데, 여기서는 시간이 많으니 생활에 여유가 넘쳤다. 자연스레 운동에도 재미가 붙었다. 아마 내 인생에서 가장 열심히 운동하던 때였을 것이다.

그런데 그날은 왜인지 거울에 비친 내 모습이 평소보다 조금 더 강해보였고, 쓸데없는 자신감에 평소에는 하지 않던 디클라인 벤치프레스를 시도했다. 하지만 역시 자만은 독이다. 생전 해보지 않던 운동을 사전 지식도 없이 무리하게 시도하려다 손목이 꺾여버리는 부상을 당했다.

손목을 다치자 할 수 있는 운동의 범위가 상당히 좁아졌다. 운동으로 대부분이 채워졌던 하루에서 운동이 빠지고 나니 생활이 급격히 지루해졌다. 한국에서는 억지로 하던 운동이 이제는 하고 싶어서 견딜 수 없을 지경이 돼버렸다. 억지로 운동을 할 때는 내가 왜 이걸 억지로 해야 하나 싶어 괴로웠는데, 막상 하고 싶은데 못 하게 되니 그게 훨씬 더 괴로웠다. 하기 싫은 일을 억지로 하는 것 보다 하고 싶은 일을 못하게 하는 게 더 괴로운 것 같다.

어쩌면 내가 회사를 그만 둔 이유도, 하기 싫은 일을 억지로 해야 해서가 아니라, 내가 하고 싶은 여행을 못해서였던 건 아닐까.

회사는 죄가 없다.

비
빔
밥

한국에서나 외국에서나 '밥 뭐 먹지?'는 최대 고민 중 하나
다. 밥 차리기가 정말 귀찮을 때는 한국의 비빔 문화가 있어
정말 다행이라는 생각이 든다. 그래서 오늘 메뉴는 비빔밥
이다.

나도 비빔밥 같은 사람이고 싶다.

닭발처럼 자극적이고, 자주 끌리는, 뒷날을 포기하게 만드
는 그런 매력은 없더라도. 이따금씩 입맛이 없다거나, 자극적
인 맛에 질렸을 때, 혹은 지쳤을 때 언제 찾아도 항상 슴슴한
맛 그대로인, 비빔밥 같은 사람이고 싶다.

아마 오늘 비빔밥을 먹었으니 당분간은 생각나지 않을 테지만, 그렇게 한 번 찾으면 한동안은 생각나지 않더라도, 다시 찾을 때 아무 걱정도 기대도 필요 없는, 그런 비빔밥 같은 사람이고 싶다.

　좋은 식사였다.

여행은 고행

유럽에서 자전거 여행을 할 때, 한 손에는 항상 카메라를 쥐고 있었다. 고개를 들면 하늘이 예쁘고, 고개를 돌리면 나무가 멋지고, 뒤를 돌아보면 지나온 길이 아름다웠다.

하지만 여행 막바지에 이르니 나는 너무 달라져 있었다. 손에서 떨어질 틈이 없던 카메라에 먼지가 쌓이기 시작하고, 풍경을 조금이라도 더 담으려 애쓰던 눈은 속도계만 주시하고, 나무 한 그루에도 감동하던 마음은 에펠탑을 봐도 감흥이 없었다. 에펠탑만 그대로 한국으로 옮겨둔다 해도 뭐가 다를까 싶었다.

이번에도 마찬가지였다. 매일이 여행 같던 하루에 어느새 무료함이 내려앉았고, 한국에서의 나태했던 내 모습이 본색을 드러냈다. 그리고 그런 내 모습을 바라보는 일은 꽤나 괴로웠다.

　여행이 길어지니 그 의미를 잃고 고행이 되어버렸다. 무엇이든 오래 지속되려면 그만한 노력이 필요한 것 같다. 그것이 연애든, 인간관계든, 심지어 여행이든.

솔직히 퇴사 후회하죠?

내일도 출근해야 되는데?

계절이 변함에 따라 나는 시골에 내려와 체리를 따고 있었다. 하루는 옆 나무에서 체리를 따고 있던 프랑스 친구가 말을 걸었다.

"킴, 오늘 퇴근하고 축구할래?"

"오늘? 오늘 월요일이잖아"

"응. 그게 왜?"

"내일도 출근해야 되는데?"

"응. 그러니까 그게 왜?"

우리는 서로를 이해하지 못했다. 친구는 오늘이 월요일인 것, 내일 일을 해야 한다는 것이 오늘 퇴근 후에 축구하는 것과 무슨 관련이 있냐는 표정이다. 사실 생각해보면 관련이 없다. 메달이 달린 국가 대항전을 치르는 것도 아니고 한국에서처럼 밤을 새워 술을 마실 것도 아니니 말이다.

한국에서는 회사 외에 모든 만남과 일정은 금요일 저녁부터 일요일 사이에 이루어진다. 퇴근이 늦어서, 회사 일이 힘들어서, 또는 다음 날 출근이 걱정돼서일 것이다. 때문에 우리의 삶은 자연스레 일을 하는 평일과 쉬는 주말로 나뉘어버린다. 그러니 여가 시간이 부족하다고 느끼고, 다시 돌아온 평일에는 주말만을 기대하게 되는 악순환이 일어난다. 7일 중에 2일만이 온전히 자유로운 날이니 결국 삶의 만족도가 떨어질 수밖에 없는 게 아닐까. 30여년을 이렇게 살아왔으니 평일에 축구를 하러 가자는 친구의 말이 생소할 수밖에.

하지만 이곳 사람들은 달랐다. 평일과 퇴근 후의 삶을 즐길 줄 안다. 아니 애초에 구분 짓지 않는 달까. 평일에도 일이 끝난 뒤에는 피크닉을 가고, 운동도 하고, 물론 술도 마시고. 당장의 행복을 주말로 미루지 않는다. 평일에도 충분히 여가를 즐기니 굳이 주말에 몰아서 쉬어야할 이유가 없고, 오늘 아니면 없다며 미친 듯이 술을 들이부어야 할 필요도 없다.

그래서 나도 축구를 하러 갔다. 퇴근 후의 삶을 즐길 줄 아는 그들과 조금이라도 비슷해지기 위해. 오늘도 야근을 하고 있을 친구들의 처지가 조금은 더 애처롭게 느껴지는 날이다.

앞으로는 내일 때문에 오늘을 버리지 말아야지.

1
불
짜
리

풍
경

솔직히 퇴사 후회하죠?

여행하면서 가장 열심히 하는 일 중에 하나는 숙소를 찾는 일이다. 숙소 비용을 얼마나 아끼느냐에 따라 여행을 얼마나 지속할 수 있는지가 결정되기 때문에 항상 최저가를 찾게 된다.

보통은 1불이라도 더 아끼기 위해 상대적으로 시설이 후지고 외곽에 위치한 숙소에 묵는 경우가 많다. 나는 다행히 누울 곳만 있으면 어디서든 잘 자는 사람이지만, 간혹 핸드폰이 안 터진다거나 에어컨이나 히터가 없어서 잠을 설친 날에는 고작 몇 불 때문에 이래야 하나 싶기도 하다.

그럴 때면 다음부턴 그냥 몇 불 더 주고 시내 쪽에 묵을까 싶다가도, 막상 도시 외곽에서만 볼 수 있는 멋진 풍경을 마주하면 핸드폰이 안 터지고 방이 좀 추운 게 대순가 싶다. 이런 풍경을 보며 여행을 계속할 수 있다면 얼마든지 더 참아내 줄 의향이 있다.

이 가격에 이런 풍경을 가진 방에 묵을 수 있다니. 뉴질랜드는 여러모로 참 부러운 나라다.

여행하다 보면 혼자 여행하는 3~40대 한국인들을 종종 보게 되는데, 얘기를 나누다 보면 은연중에 자신이 예전에 어떤 사람이었는지를 어필하는 경우가 많다. 어떤 회사를 다녔었고, 얼마나 멋진 사람이었는지.

아마 적지 않은 나이에 홀로 여행 중인 자신이 남들에게 외롭게 보이거나, 또는 철이 없는 사람으로 비춰지기 싫어서일 것이다. 그러다 보니 대화가 결국엔 본인 자랑이나 인생 훈수로 귀결되는 경우가 많다. 적어도 나는 그들이 안정적인 생활을 뒤로하고 여행을 떠나온 자체만으로도 충분히 용기 있고 멋지다고 생각하는데 말이다.

타인의 시선에서 자유로울 수 없는 나라에서 나고 자란 우리가 안타깝기도 하지만 그 시선에 어떻게 맞서느냐는 본인의 선택이다.

나는 여행 꼰대가 되지 말아야지.

애매한 계획

애초에는 아프리카로 바로 떠날 생각이었지만, 마침 같은 시기에 퇴사한 친구 2명이 아프리카 여행을 함께하기로 했다. 나도 한식이 그리웠기에 한국에 잠깐 들러 친구들과 함께 출발하기로 했다.

문제는 세 명이 일정을 조율하다 보니 한국에 머무를 수 있는 시간이 2주가 채 되지 않았다. 2주라는 애매한 시간이 남다 보니 지인들에게 한국에 들어왔다고 말하기도 뭐하고, 그렇다고 집에 가만히 있자니 이럴 거면 뭐 하러 한국에 들어왔나 싶었다. 오히려 곧장 아프리카로 갔다면 따로 준비할 것도 없이 갔을 텐데, 한국에 들어오니 괜히 또 이것저것 준비하느라고 마음만 조급해졌다.

싱숭생숭한 마음은 아프리카에 도착해서도 계속됐다. 불과 2주 전에 나는 뉴질랜드에 있었고, 어제는 한국에 있었다. 근데 지금은 아프리카라니. 순식간에 변해버리는 주변 상황들을 내 정신이 미처 따라가지 못하고 있었다. 급변하는 주변 상황들이 무언가 서두르는 걸 질색하는 나에겐 큰 스트레스였다.

'내가 지금 뭐하고 있는 거지?'

완벽한 계획이나 무계획, 둘 다 나름의 장단점이 있지만 단언컨대 가장 최악은 애매한 계획이다.

엄마 마음

"엄마, 집에 칫솔 남는 거 있어?"

"우리 집엔 민태 빼고 다 있어."

1년 만에 집에 돌아와서는 2주를 채 채우지 못하고 다시 떠나는 아들이라니. 내가 부모라도 마냥 예쁘지만은 않을 것 같다. 뭐든 금방 싫증을 느끼고 계획도 없이 제멋대로 행동하는 아들 때문에 엄마도 적잖이 마음고생을 하셨을 거다. 그럼에도 항상 나의 선택을 존중하고 응원해주시는 엄마가 정말 고맙다.

'엄마, 이번엔 금방 올게!'

솔직히 퇴사 후회하죠?

첫
날
밤

나는 계획적인 것 보다는 즉흥적인 걸 선호하는 편이다. 여행을 할 때도 첫날에 머무를 숙소 정도만 예약하고 그 뒤의 모든 일정은 즉흥적으로 선택한다. 언제 어떤 변수가 생길지 모르는 여행 중에는 이런 성향이 도움이 될 때가 많았지만, 아프리카에서는 오히려 그 반대였다. 아프리카를 떠나는 그날까지 무계획은 우리를 끊임없이 괴롭혔다.

남아공에 도착한 첫날, 아무리 아프리카라지만 동양인이나 백인, 관광객이 전혀 보이지 않아 꺼림칙했는데, 알고 보니 우리 숙소가 있는 지역은 요하네스버그 안에서도 치안 수준이 가장 낮은 위험 지역의 정 가운데에 있었다. 어쩐지 길거리에

솔직히 퇴사 후회하죠?

서 우리를 바라보는 눈빛이 예사롭지 않았다.

웬만큼 여행에 도가 튼 장정 셋임에도 저녁거리를 사러 잠깐 나간 것을 제외하곤 숙소에서 한 발자국도 나가지 않고 밤을 지새운 우리였다.

전
기
세
가
밀
렸
어
요

한국의 빨리빨리 문화에 익숙한 탓도 있지만 아프리카의 일처리 속도는 유독 느렸다. 하지만 그런 그들도 빨리 움직일 수 있게 하는 것이 있었는데, 바로 돈이었다.

우리는 버스 일정 탓에 빠르게 비자를 받아야 하는 상황이었다. 대사관 직원은 최소 3일은 걸린다는 말만 되풀이 했다. 간절한 표정으로 혹시 다른 방법이 없겠냐는 나의 질문에 대사관 직원은 조금 머뭇거리는가 싶더니 이내 작은 목소리로 대답했다.

"지금 우리 집 전기세가 밀렸어."

솔직히 퇴사 후회하죠?

뜬금없이 무슨 뚱딴지같은 소리인가 싶어 서로를 멍하니 바라만 보던 우리들은 이내 그게 무슨 뜻인지 알아챌 수 있었다. 나는 알겠다며 손에 50불을 쥔 채 악수를 건넸고, 바로 다음 날 비자를 받을 수 있었다. 아직도 이런 일이 공공연히 일어난다는 사실이 놀랍기도 했지만, 그 방법을 터득한 덕에 남은 아프리카 여행은 조금 더 수월하긴 했다.

수동 시스템

아프리카는 아직 많은 것이 자동화되어 있지 않다. 손으로 과즙을 짜내는 생과일주스는 더 이상 놀랍지도 않은 것이, 대형 백화점이나 주차장 입구의 바리케이드도 대부분 사람이 수동으로 개폐한다. 아무리 그래도 공항이라고 하면 최신식 시스템이 정착되어 있는 것이 대부분인데 이곳 잔지바르 공항(탄자니아)은 다르다. 티켓 발급을 위해 여권을 건네주었는데 한참을 아무 말 없이 무언가를 쓰더니, 이름과 날짜, 항공편 등이 수기로 적혀있는 티켓을 내주었다.

이미 아프리카의 수동 시스템에 익숙한 나였지만 수기 항

솔직히 퇴사 후회하죠?

공권은 조금 신선했다. 이걸 받아 들고도 정말 사용이 가능한 건지 조금 걱정이 됐다. 다행히 무사히 탑승은 했지만, 좌석이 단 두 줄인 작은 비행기를 보니 괜스레 걱정이 더 커졌다.

'이거 날 수는 있는 거지?'

속여서 미안해

60일간 유럽 자전거 여행을 했다는 사실은 내 인생에서의 큰 성취이자 자랑거리였다. 하지만 남들에게 먼저 얘기를 꺼낸 적은 그리 많지 않았다. 자랑처럼 보이기 싫기도 했지만, 왠지 스스로 떳떳하지 못한 마음 때문이었다.

사실 자전거 여행이었지만, 사정상 중간에 2번 기차를 탔었다. 물론 그게 잘못된 일도 아니고, 애초에 숨기려던 것도 아니지만, 자전거 여행인데 기차를 탔다는 자체가 왠지 반칙 같아서 부끄러운 마음이 들었다. 그래서 누가 먼저 묻지 않는 한 그 이야기를 꺼내지 않았고, 어느새 난 자전거만으로 유럽을 여행한 게 되어 스스로를 속이고 있었다. 그리고 예고 없이 문

득 떠오르는 그 사실은 수년 간 나를 괴롭혀왔다.

하지만 그날은 계속된 고생에 지쳐 모든 걸 내려놓았던 날이었고, 그 때문이었는지 내 무거운 마음도 모두 내려놓고 싶었다.

"나 사실은, 기차도 탔다."

예상했던 대로 친구들은 그래서 뭐 어쩌라는 거냐는 시큰둥한 반응이었지만, 나는 그 한마디를 내뱉으면서 그동안 지고 있던 마음의 짐까지 함께 내려놓을 수 있었다. 이 한 마디를 하는 데까지 무려 5년이 걸렸다. 그동안 속여서 미안했다. 민태야.

그
걸
꼭
말
해
야
알
아
?

우리 셋은 초등학교 때부터 친구다. 세상에서 가장 많이 대화를 나눈 사람이 누구냐고 하면 단연 친구들일 거다. 때문에 극한의 연속인 아프리카 여행이었지만 우리는 단 한 번도 싸우지 않았다. 하지만 그날은 조금 달랐다. 휴양지에서 2주를 푹 쉬고 다음 목적지를 정하려는데, 친구 한 명이 불만을 표출했다.

나는 아프리카에 온 가장 큰 목적 중 하나가 다나킬 화산(에티오피아)을 보는 것이었다. 여행하는 동안 어디를 가던, 무엇을 하던 별다른 의견 없이 흘러가는 데로 따라온 친구들이었기에, 이번에도 나는 자연스레 다음 목적지로 다나킬 화산이 어떻겠냐는 얘기를 꺼냈다. 하지만 한 친구가 본인은 애초부터 킬리만자로 산(탄자니아)에 가고 싶었는데, 내 의견대로만 목적지가 정해지는 게 서운하다는 것이다.

그 얘기를 듣고 적잖이 당황스러웠다. 내가 친구들의 의견을 묵살하고 내 의지대로만 여행을 진행했던 것도 아니었고, 친구가 처음부터 본인의 의견을 말했다면 나는 당연히 친구의 의견을 따랐을 것이다. 그런데 지금껏 아무런 얘기가 없다가 서운함을 토로하니 오히려 내가 서운함을 느꼈다.

다행히 우리 사이에 그 정도 일은 큰 문제가 아니었기에 대화로 금방 해결이 되긴 했지만, '배려'에 대해 다시 한 번 생각해보게 됐다. 오히려 우리가 막역한 사이가 아니었다면 일어나지 않았을 문제였다. 불편한 것은 없는지, 원하는 것은 없는지 먼저 물어봤을 테니까.

서로 너무 잘 알고 있다고 생각했기에 배려라고 생각하고 얘기하지 않았던 것들이 결국 오해가 되어 돌아오고 말았다. 정말 나에게 소중한 사람이고, 진심으로 배려하고자 한다면,

보다 적극적으로 마음을 써야하는 것 같다.

그동안의 인간관계를 돌아보면, "그걸 꼭 말해야 알아?"라는 생각 때문에 망쳐버린 관계들이 종종 있었다. 그때는 오히려 내 진심을 알아주지 않는 상대방에게 서운함을 느끼기도 했다. 하지만 이제는 그 질문에 내가 대신 답해주고 싶다.

"응. 말해야 알아."

다음 행선지를 두고 미묘한 감정이 오갔던 우리들은 결국 모두가 만족할 수 있는 방법을 찾아야만 했다. 일단 다나킬 화산은 다녀온 사람들의 이야기를 들어보니 최근에는 화산이 거의 활동하지 않는다고 하여 제외했다. 또한 킬리만자로 산 등반은 고산병의 위험이 있는데, 우리 모두 높은 산은 처음인지라 고산병의 유무를 알 수 없었다. 셋 중 한 명이라도 낙오한다면 함께하는 여행의 의미가 없을 거라 판단해 제외했다. 결국 새로운 행선지를 결정해야 했는데, 생각 없이 꺼낸 나의 한마디에 우리의 계획은 전면 수정됐다.

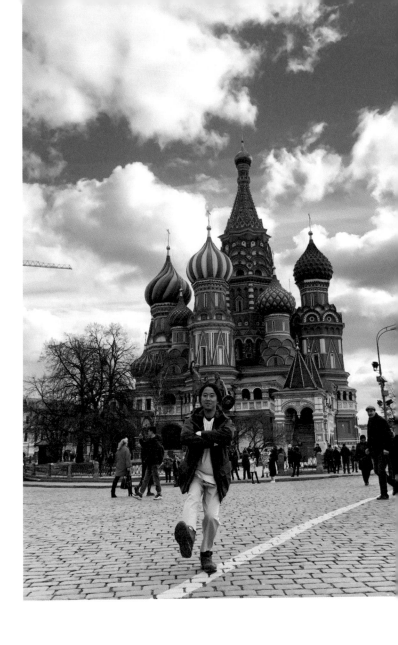

"아, 진짜 덥네. 시원하게 러시아나 갈래?"

한 달이 넘는 시간을 무더위와 함께했던 우리는 이미 지칠 대로 지쳐 있었고, '시원한 나라'라는 단어 하나에 우리의 마음은 너무 쉽게 움직였다. 게다가 러시아로 넘어가면 텔레비전에서나 보던 시베리아 횡단 열차도 탈 수 있을 테고, 어쩌면 비행기를 타지 않고도 한국까지 갈 수 있겠다 싶었다.

그렇게 우린 곧장 모스크바로 떠났고, 하루 전만 해도 무더위에 축 처져있던 우리는 언제 그랬냐는 듯 잔뜩 움츠린 채 바들바들 떨고 있었다.

오늘은 일교차가 꽤 크다.

솔직히 퇴사 후회하죠?

낭만 열차

　낭만 열차라고도 불리는 시베리아 횡단 열차에 올랐다. 우리는 모스크바에서 출발해 몽골로 들어가는 일주일 일정이었다. 당연히 가장 저렴한 열차를 선택했기에 샤워 실은 없었고, 천장 높이 때문에 2층 자리에선 강제로 누워있어야만 했다. 저렴한 열차는 식당 칸도 따로 없었기에 우리는 열다섯 끼를 컵라면으로 때워야 했다.

　눈 내리는 창밖 풍경을 보고 있노라면 이게 낭만이구나 싶다가도, 지나가며 툭툭 치는 사람들, 기름진 머리, 움직일 때마다 피어나는 먼지 꽃들을 보면 열차 경험은 하루 이틀이면

족하다는 생각이 든다.

앞서 말했듯 저렴한 열차는 샤워 시설이 없기 때문에 정말 참지 못하겠다 싶을 땐 페트병 앞부분을 잘라 깔때기로 활용해 화장실 세면대에서 머리 정도는 감을 수 있다. 열차를 오래 탈 생각이라면 영화와 책은 최대한 많이 준비할 것을 추천한다. 또 컵라면을 먹은 뒤 용기는 깨끗이 헹궈 커피 잔으로 활용하면 좋다. 핸드폰 데이터가 터지는 타이밍은 열차가 역 근처에 다다랐을 때부터 역을 떠날 때까지다. 또 역에 도착할 때마다 정차 역 리스트를 한 줄씩 지워가는 소소한 재미가 있다.

하지만 열차의 낭만은 길어야 이틀이다.

솔직히 퇴사 후회하죠?

감
기

급작스레 바뀐 날씨 탓인지 감기에 걸렸다. 사실 나는 매년 한 번은 감기에 걸린다. 예전엔 감기에 걸려도 티를 내지 않으려 했는데, 왜소한 체격이 콤플렉스인지라 허약한 사람으로 보이는 게 싫어서였다.

한국을 떠나 새로운 환경에서 지내며 나라는 인간의 본래 모습을 알아가고 있다. 사실 이미 알고는 있었지만, 인정은 하지 못했다. 한국에서는 회사 일이 바쁘다는 핑계로 해야 할 일을 뒤로 미룰 때가 잦았고, 그것은 내가 낙천적이기 때문이라고 합리화 했다. 또 시작한 일에 금방 흥미를 잃고 새로운 일을 벌일 때면, 나는 다양한 재능을 가진 사람이라 생각했다.

하지만 이제 나라는 인간을 조금씩 인정하고 있다. 나는 낙천적인 것이 아니라 게으른 것이었고, 다양한 재능을 가진 사람이 아니라 한 가지 일을 하기엔 끈기가 부족한 사람이었다. 누구보다 나에 대해 잘 알고 있다고 자신했었지만, 정작 그것을 인정하는 데는 꽤나 많은 시간이 걸렸다.

이제는 인정하기로 했다. 나는 감기에 잘 걸리는 사람이다.

적응

공항버스에 올라 창밖을 보는데, 한국의 풍경이 전혀 어색하게 느껴지지 않았다. 사실 입국장을 빠져나오자마자 무릎을 꿇고 바닥에 입맞춤을 하고 환호성을 지르는 그럴듯한 상상을 했는데, 그저 마냥 피곤하기만 할 뿐이었다. 이래도 되는건가 싶어 헛웃음이 나오려던 찰나, 머릿속에 떠오른 생각은 끔찍했다.

'아, 이제 뭐 먹고 살지?'

인간의 적응력이란 참으로 놀랍다. 그리고 무섭다.

Part 3

근데 이제 뭐 하지?

근
데
이
제
뭐
하
지
?

정말 아이러니하게도 내 인생의 가장 큰 슬럼프는 그렇게 간절히 원했던 여행을 마친 순간 찾아왔다. 원했던 대로 퇴사도 했고, 여행도 했다. 문제는 그 다음이었다.

인생의 대부분을 무계획으로 살아온 나였지만, 이번만큼은 달랐어야 했다. 눈앞의 여행이라는 환상에 빠져 계속 미뤄두었던 현실을 이제야 정면으로 마주하게 된 것이다.

'근데 이제 뭐 하지?'

나의 지난 1년 6개월을 관통하는 질문이었고, 나는 대답할
수 없었다.

끝
이
거
나
시
작
이
거
나

앞이 보이지 않는다는 두려움과, 뭘 해야 할지 모르겠는 막막함. 무엇보다 1년 반이라는 시간 동안 아무 것도 변한 게 없는 나에 대한 자책으로 우울하고 무기력한 나날이었다. 그리고 역시 가장 큰 문제는 돈이었다. 긴 시간을 외국에서 생활하며 그간 모아둔 돈을 모두 써버렸다.

이제 돈을 벌어야 하는데, 자격증 하나 없고 나이도 먹을 만큼 먹은 내가 과연 취업을 할 수나 있을지. 한다고 하면 무슨 일을 해야 할지. 이러려고 내가 퇴사를 한 건지. 모든 것이 막막했다. 내가 하고 싶은 일을 하겠다며 떠난 여행이었다면, 돌아와서 뭘 할 것인지를 더 전투적으로 찾았어야 했다.

지금부터가 내 인생의 시작이라고 생각했었는데, 끝이 되어버린 것 같았다.

우물 안 개구리

우물 안 개구리라는 말이 너무 싫었다.

지방에서 나고 자란 나는 어떻게든 이 우물을 벗어나고 싶었고, 애써 고등학교를 타지로 진학했다. 성인이 된 후에도 시간만 나면 어떻게 해서든 해외로 나가려 애썼고, 결국 퇴사 후 세계 여행까지 하게 됐다.

우물 안에서 벗어났으니 이제 좀 다르겠지 생각했는데, 정작 문제는 우물 안에 있는 것이 아니라 내가 개구리였던 것이다. 우물 밖에는 뱀들이 득실거렸고, 나는 우물 밖으로 나온 개구리에 불과했다.

토
닥
토
닥

당장의 생활비를 해결하기 위해 최후의 보루라고 생각했던 주택청약을 해지했다. 가입해놓은 지는 꽤 됐어도 한동안 납부를 제대로 하지 않아 금액은 생각보다 적었다. 은행 직원 분은 역시나 내 선택을 만류하셨지만, 이미 많은 고민 끝에 결정한 사항이라며 단호하게 답했다.

이걸 쌓는 데는 수년의 시간이 걸렸는데, 그것이 무너지는 데는 10분도 채 걸리지 않았다. 은행 문을 열고나오며 한숨을 크게 내쉬자 목이 멨다.

어디서부터 잘못된 걸까. 아니, 내가 뭘 잘못하긴 한 건가?

그동안 살아오며 마주한 선택의 순간들에, 항상 최선의 선택을 해왔다고 생각했는데, 그 선택이 항상 옳지만은 않은 것 같다. 누군가 등을 토닥여주면 눈물이 날 것 같은 날이다.

내가 왜 공기업을 퇴사했는지, 그리고 평소에 어떤 생각을 하며 살고 있는지 등 내 인생을 기록으로 남기기 위해 유튜브를 시작했다. 영상 편집은커녕 촬영도 제대로 해보지 않은 나였기에 정말 낮은 퀄리티의 영상들이었다.

그런데 욜로YOLO에 대한 관심 때문인지 아니면 안정적인 삶에 대한 갈망 때문인지, 언젠가부터 공기업 퇴사 관련 영상이 관심을 받기 시작하면서 조회수가 20만 회를 넘어섰고, 생판 모르는 사람들의 댓글이 달리기 시작했다. 그 안에는 수많은 응원의 메시지도 많았지만 악플도 그에 버금갈 정도로 많았다.

철이 없다, 금수저니까 가능하다, 나중에 후회할 거다 등 내 선택 자체에 대한 악플들이 대부분이었지만, 애초에 내 성격 자체가 그런 것들을 귀담아 듣는다거나 상처 받는 성격이 아니었기에 대수롭지 않게 넘겼다. 그런데 그날은 유독 눈에 띄는 댓글이 있었다.

'그렇게 여행만 다녀서 어디다 쓸래?'

평소라면 대수롭지 않게 넘겼겠지만, 여행에서 돌아온 뒤 앞으로 뭘 해야 할지 전투적으로 고민 중이었던 나였기에 계속 신경이 쓰였다. 그리고 그 질문에 대한 답은 생각보다 쉬웠다.

'그래. 여행을 한 번 써보자.'

맞다. 매일 하고 싶은 거 하고 살 거라고 얘기하던 나였지만, 정작 그렇게 좋아하는 여행을 직업으로 가질 생각은 해보지 않았다.

그렇게 나의 첫 사업 준비가 시작됐다.

솔직히 퇴사 후회하죠?

여행 사업의 장소는 몽골로 정했다. 이유야 여러 가지가 있지만 일단 첫 번째로는 한국에서 가깝다. 비행기로 4시간이면 갈 수 있기에 학생들은 물론 직장인들도 부담 없는 일정을 짤수 있다.

두 번째로는 넓은 땅을 가진 덕분에 한 나라에 초원, 사막 그리고 빙하까지 다양한 자연이 공존한다는 것이다. 즉 볼 것이 많다.

세 번째로는 아직까지 다른 아시아권 국가들만큼 관광지로서 널리 알려지지 않았다. 내가 몽골에 대해 이야기를 하면 아직도 '몽골 사람들은 다 말 타고 다녀?'라고 묻는 사람들이 많

은 걸 보면, 몽골은 관광지로서 발전 가능성이 아직 많이 남아 있다고 판단했다. 실제로 몽골을 방문하는 여행객의 수는 매년 꾸준히 증가하고 있고 그 여행객의 대부분이 한국인이다.

생전 처음 해보는 일이고 조언을 구할 사람도 없었기에 하나부터 열까지 제대로 된 것이 하나도 없었고, 사업을 이렇게 하는 게 맞나 싶을 정도로 뒤죽박죽이었지만. 그런 건 아무래도 상관없었다. 정말 오랜만에 내가 목표를 가지고 무언가를 하고 있다는 사실 자체가 기뻤으니까.

금방이라도 끊어질 듯, 늘어질 대로 늘어졌던 내 삶이 조금씩 탄력을 찾기 시작했다.

뜻밖의 휴식

사업 준비를 위해 몽골에 온 지도 6개월, 말 그대로 좌충우돌의 시간이었다. 그리고 드디어 여행사 홈페이지를 오픈하는 날. 마치 우리의 시작을 축하라도 하는 듯 그날은 몽골의 대명절과 겹치는 날이었고, 친구의 집에 초대를 받게 되었다. 정말 오랜만에 멀끔히 차려입고 친구의 차에 오르는데, 의자에 채 앉기도 전에 친구가 충격적인 말을 꺼냈다.

"민태야, 너 한국 못 가겠는데?"

그날은 한국으로 돌아가기 딱 나흘 전이었다. 그런데 하필 그 전날 한국에서 코로나로 인해 신천지 발 슈퍼전파자가 나왔고, 그로부터 사흘 뒤 몽골은 발 빠른 대처로 양국 간의 항공로를 즉시 폐쇄했다. 몽골은 수도에 인구의 절반 이상이 모여 사는 특성상 확진자가 단 한 명이라도 나오면 순식간에 도시 전체가 감염될 우려가 높았기에 정부의 대처는 현명한 선택이었다. 그리고 당장 나흘 뒤의 비행편이 취소되긴 했어도 뭐 큰 문제가 있을까 싶었다. 또한 사업 준비도 마무리 단계인 만큼 조금 쉬다 간다고 생각하면 될 것 같았다.

그땐 몰랐다. 그 휴식이 1년이 넘어갈 줄은.

비자발적 백수

사회에서 백수라는 단어는 부정적인 이미지가 많다. 패배자, 실패자, 한량 등. 실제로 백수는 우리 대부분이 거쳐야 하는 직업임에도 본인을 백수라고 소개하는 사람이 많지 않은 이유도 아마 백수를 바라보는 시선 때문일 것이다.

나는 백수다. 그리고 유튜브 채널 이름도 자발적 백수라고 지었다. 타의에 의해, 어쩔 수 없이 백수가 된 게 아니라 내가 원해서, 나의 자발적인 선택으로 백수가 되었다는 걸 전달하고 싶었다. 사회로 발을 내딛기 위한 과정에 있는 우리들이 조금은 더 당당해질 수 있도록.

퇴사 후 나에겐 어느덧 3년에 가까운 시간이 새겨졌고, 이번엔 비자발적 백수가 되어버렸다. 사실 첫 해부터 사업의 큰 성공을 바란 건 아니다. 애초에 큰돈이 투자된 것도 아니고, 일단 사업이 가능성이 있는지, 내가 감당할 수 있는 일인 지 가늠해보기 위한 첫 해였다. 하지만 그 테스트를 시도조차 못 하게 되니 불안감은 날이 갈수록 커졌다.

몽골 여행은 대부분 여름에만 진행되기에 올해가 이렇게 지나가버리면 최소한 1년을 기다려야 한다. 게다가 1년 뒤 사업이 잘 되리란 보장도 없을뿐더러, 1년 뒤 상황이 어떨지도 알 수 없다.

곧 수그러들겠지 하던 희망도 꺾여버린 지 오래. 이제는 생사의 문제가 되어버렸다. 그래도 어떻게든 살아야하기에 아르바이트를 시작했고, 한강에 나와 사색하는 시간이 많아졌다. 강가에 앉아 여유를 즐기는 사람들의 뒷모습에서 어떻게 든 버티고자 하는 의지가 보이는 건, 아마 내 기분 탓만은 아닐 거다.

그래도, 지금은 때가 아닐지라도, 나의 때가 오기를 기다리

며 흘러가는 시간들을 묵묵히 새겨갈 것이다. 한 가지 바람이 있다면 이 혼란의 시대 그 끝에 다다랐을 때,

　"코로나 때문에 망했어!" 대신,

　"아, 그때 고생 좀 했지 뭐야." 하고 추억할 수 있는 사람이 되어 있길.

　살아남는 것이 이기는 것이라고 믿는다.

발
버
둥

여행 사업이 엎어진 후 생계를 위해, 그리고 다음을 기약하기 위해 일을 시작했다. 잠깐만 해야지 하고 시작했던 일이지만 기약했던 다음이 길어지며 결국 9개월의 계약 기간을 모두 채우게 됐다.

생계를 위해 어쩔 수 없이 시작한 일이었지만 덕분에 그 안에서 정말 다양한 삶을 마주했다. 평범한 대학생부터 여행사를 운영하던 부부, 요리사, 세무사, 바리스타, 연극배우, 영화감독, 스키 강사 등, 다양한 사람들이 저마다의 이유로 이곳에 모였고, 아마 이 시국이 아니었다면 볼 수 없을 사람들이었다.

이전에 우리가 어떤 사람이었건, 지금 무엇을 준비하는 사람이건, 우린 모두 다른 삶을 살아왔지만 우린 모두 같은 곳에서 만났다. 우린 모두 다른 삶을 살아왔지만, 우린 모두 삶을 위해 발버둥치고 있었다.

아마 우리가 원하는 미래는 오지 않을지도 모르겠다. 세상에는 아무리 발버둥 쳐도 넘을 수 없는 것들이 존재하니까. 그래도. 잠깐이었지만 나에겐 의미 있었던 그들에게 말해주고 싶다.

지금 우리가 하고 있는 이 일들을 계속하는 게 의미가 있을 수도, 없을 수도 있지만 그래도 한번 끝까지 발버둥 쳐 보자고. 그게 살아가는 것 아니겠냐고.

서울 사람

오늘은 공기업 부동산 비리 뉴스가 나라를 뒤흔든 날이다.

오늘은 월세를 내는 날이었고, 그래서 더욱 허망하고, 허망했다.

서울에는 두 종류의 사람이 있다. 서울 사람과 서울에 사는 사람. 나는 후자다. 나처럼 서울에 사는 사람은, 가만히 누워만 있어도 월급이 반 토막이 난다. 서울 사람보다 두 배 더 모으고, 두 배 더 아껴야 한다는 말이다. 그렇기에 서울 사람이 되려면 서울에 나의 보금자리가 있어야 한다.

보금자리. 아마 현시대를 살아가는 청년들 대부분의 첫 번

째 목표이자 꿈일 것이다. 또한 그 꿈은, 또 다른 꿈을 이루는 데 가장 큰 장애물이 되기도 한다. 그런 꿈이, 누군가에겐 그저 손쉬운 돈놀이감에 지나지 않는다는 것이 나를 더욱 허무하게 만들었다.

나도 언젠가 서울 사람이 될 수 있을까. 아니 내 자식 쯤은 돼야 하려나.

체력

아침에 눈을 뜨자마자 헬스장으로 향한다. 운동을 마치고 점심을 간단히 해결한 뒤 매일 가는 카페 구석진 곳에 앉아 노트북을 켠다. 원고를 쓰다가 글이 더 이상 써지지 않으면 이력서를 쓴다. 원고나 이력서 둘 다 창작활동이기에 뇌에 쥐가 날 것 같지만, 신기하게도 둘을 번갈아 쓰면 나름 괜찮다. 해가 지면 집으로 돌아가 저녁을 먹고 유튜브를 보다가 잠이 든다. 직업만 백수일 뿐, 일반 회사원들과 비슷한 패턴이다.

특히나 요즘엔 운동을 정말 열심히 하고 있다. 물론 외적인 변화를 위함이기도 하지만, 최근 급격히 불친절해진 나 자신을 위해서다.

나의 인간관계를 돌이켜봤을 때, 상대를 대충 대하거나 불친절 했던 때, 날이 선 말을 했을 때, 혹은 스스로에게도 가혹했던 때는 모두 내가 지쳐있을 때였다. 그리고 그것이 내가 긴 계획들을 마무리 짓지 못하고 후반에 무너지는 이유이기도 했다.

　　상대를 친절하게 대하는 것, 말 한 마디를 하더라도 예쁘게 하는 것, 나를 사랑하는 것, 결국 모두 체력의 문제다. 내가 체력적으로 충분하다면 상대뿐 아니라 스스로에게도 친절할 수 있다.

　　혹시 지금 자신이 심적으로 지쳐있다고 느낀다면 스스로에게 한 번 물어봤으면 좋겠다. 혹시 몸이 지친 것은 아니냐고.

Part 4

어쨌든 나는,
나로 살기로 했다

인
생
이　꼬
이
는　과
정

20대의 나는, 내가 특별한 사람이라고 생각했다. 어떻게든 남들과는 다르게 보이려고, 특별해 보이려고 애썼다. 남들처럼 공부하기는 싫어서 괜히 사회가 문제라며 반항했다. 유별난 모습을 보이자 점차 주변에서도 내가 특이한 사람이라 말했고, 그런 내 모습이 멋있다고 생각했다. 남들이 토익공부를 할 때 워홀을, 취업 준비를 할 때 여행을 다녔다. 그러면서 진득하게 노력하는 사람들을 답답하게 생각했다.

'나는 저렇게 재미없게 살지 않을 거야'라며.

솔직히 퇴사 후회하죠?

그렇게 하고 싶은 것만 하면서 살았으면서도 정말 운 좋게, 쌓아온 스펙 따위는 없음에도 공기업에 취업을 했다. 또 '역시 나는 될 놈이었어. 너희들 공부할 때 여행 다녔지만 이렇게 취업도 했잖아'라며 자만했다.

쉽게 얻은 것은 쉽게 잃는다고, 결국 1년 만에 퇴사를 하고 또다시 여행을 떠났다. 쌓아온 건 쥐뿔도 없으면서, 남 밑에서 일하며 재미없게 살지는 않을 거라고. 하고 싶은 거 다 하고 살 거라고. 그렇게 비현실적인 이유로 내 퇴사를 합리화했다. 지금까지 살아온 것처럼, 그저 막연히, 여행하다 보면 뭔가를 찾고, 뭔가가 될 줄 알았다. 나에게도 특별한 무언가가 있을 것이고, 언젠가 빛을 볼 것이라고 생각했다.

여행을 마치고 현실로 돌아오자 그간 노력했던 사람들과의 격차는 어느새 좁힐 수 없을 만큼 벌어져 있었지만 나는 길이 다르다고 자위하며 안주했다. 남들은 자유롭게 떠돌던 내가 취업을 하고, 또 퇴사를 하고 여행을 떠나는 모습을 보며 멋진 삶이라고 말했지만 사실 나는 알고 있었다. 여태껏 그저 운이 좋았을 뿐이란 걸.

그동안 정석이 아닌 편법으로 살아온 나는 보이는 모습과 달리 속은 텅 비어 있었고, 쌓아놓은 게 없다는 걸 알고 있었다. 통장 잔고는 금세 바닥을 찍었지만 그렇다고 이제 와서 아무 일이나 하자니, 지금까지 살아온 내 방식이 잘못됐다는 걸 인정하는 것 같고. 딱히 하고 싶은 일을 찾지도 못했으면서, 아니 찾으려고 노력도 안했으면서 하고 싶은 일이 아니라며 외면했다.

과거의 자신감 넘치던 나는 결국 백수인 신세가 됐다. 나에겐 모아놓은 돈도, 진득이 쌓아온 경력도, 인생의 반려자도, 뚜렷한 목표도, 아무 것도 남아있지 않았다. 모든 걸 잃고 나서야 내 자신을 바로 볼 수 있다.

그래. 나는 애매한 사람이었다. 남들보다 뛰어나지도, 그렇다고 떨어지지도 않는 그런.

재능이 없는 사람들처럼 미친 듯이 노력하자니 그것보단 조금 나은 것 같고. 그렇다고 특출하게 뛰어나진 않으니 그들처럼 될 것 같지는 않고. 그러다보니 그 어느 곳에도 속하지 않는 특별한 사람이 되고자 했던 것 같다.

스스로 특별한 사람이라고 생각했던 나는 그저 특별해지고 싶은 평범한 사람이었다. 사실은 이미 알고 있었는지도 모른다. 인정하고 싶지 않았을 뿐.

성공한 사람들의 동기부여 영상을 보고 감명 받는 것도 그때 뿐, 그들처럼 노력하지 않았으면서 그들의 결과만을 인생에 대입하려고 한다. 뭐든 진득하니 해본 적 없는 나에겐 오히려 현실과의 간극을 더 크게 느끼게 하는 독이 될 뿐이었다. 그리고 정말 아이러니하게도 진짜 내 모습을 인정한 순간, 내 뿌리가 흔들리기 시작했다.

그렇게, 인생이 꼬이기 시작했다.

솔직히 퇴사 후회하죠?

말
보
다
글

20대 때나 지금이나 삶에서 가장 어려운 일 중 하나는 인간관계다. 지금은 어딜 가나 무뚝뚝하다는 말을 듣지만, 어렸을 때는 가장 웃긴다는 소리를 들을 만큼 활발한 아이였다.

1997년에 IMF 직격탄을 맞아 가세가 기울었을 때, 나는 고작 초등학생이었음에도 달라진 주변 환경에 휘둘리지 않기 위해 노력했다. 하지만 고작 초등학생이었기에 그로부터 완전히 자유로울 수는 없었고, 아마 그때부터 말수가 조금씩 줄었던 것 같다.

20대가 되어 새로운 사람들을 만날 기회가 많아졌지만, 그때마다 항상 들어온 말은 '너는 왜 이렇게 말이 없어?'였다.

대부분은 '뭐 어쩌라고'라는 말을 속으로 삼키고 말았지만, 한때는 이런 내 모습을 진지하게 고민하고 변하고자 노력도 해봤다. 하지만 그 노력은 번번이 실패했고, 나의 인간관계도 자연스레 좁아졌다.

시간이 흘러 30대가 된 나는 여전히 주변에서 말이 없다는 얘기를 듣지만 이제는 고민하지 않고 말한다. 나는 말보다 글이, 전화보다 문자가 편한 사람이라고.

애초에 왜 이렇게 말이 없냐는 질문 자체가 문제가 있다. 누군가는 말하는 걸 좋아하고 활발한 성격인 것처럼, 말이 없는 것도 여러 성격 중 하나일 뿐인데, 왜 그러냐고 물으니 답할 수가 없는 거다. 항상 내 성격의 이유를 답하려 애쓰던 내가 조금 안쓰럽기도 하다.

사실 내가 말이 없는 건, 처음부터 그랬던 것이 아니라 인간관계 속 반복된 실망이 만든 경험의 산물이기도 하다. 진심이 전해지지 않을 바엔 오해되지 않는 편이 낫기 때문이다. 아무튼 그게 내가 친구가 별로 없는 이유이고, 나는 그런 내가 좋다.

서른셋, 고집쟁이로 살기로 했다

나이를 한 살씩 먹어가며, 점점 고집이 생기는 걸 느낀다. 간혹 나보다 어린 친구들과 대화를 나누다 보면 겉으로는 다 이해하는 척하지만, 속으로는 마치 다 알고 있다는 듯이, 그들의 삶을 내 기준으로 판단하고 있는 경솔한 나에게 소름이 끼칠 때가 있다.

그동안 내 나름대로 어딘가에 얽매이지 않고 자유롭게 살아왔음에도, 나도 모르게 고집이 생겨버린 것이다.

편견 없이 솔직하게 살자고 매번 다짐하지만, 아직도 진짜 나와 남들이 바라보는 사회에서의 나는 완벽히 같다고 할 수는 없을 것 같다.

아니, 어쩌면 그 모습조차도 나인 걸까?

내 나이 서른 셋, 고집이 없다면 거짓말이지만.
어쨌든 나는, 나로 살기로 했다.

2005년 어느 대학의 신입생 입학식.

신입생 대표로 선서를 하게 된 한 남자가 검은 정장에 흰 운동화를 신고 단상에 올랐다. 당시만 해도 정장에 흰 운동화는 패션 테러리스트라고 불릴 수준의 처참한 패션이었는데, 그가 운동화를 선택한 이유는 단순히 구두가 불편해서였다. 그리고 그 남자는 나의 친형이었다.

그런데 그 일이 있고 얼마 뒤. 연예인들이 정장에 운동화를 신고 텔레비전에 나오기 시작했고, 그렇게 캐주얼 패션 붐이 일어났다. 물론 형이 미래 지향적인 패션을 의도한 건 단연코 아니었지만, 류승범의 과거 패션이 지금 와서 회자되는 것처럼. 형의 패션은 단지 타이밍을 잘못 만난 것뿐이었다.

그리고 2017년의 나.

퇴사에 확신을 갖지 못하던 나는, 내가 행복했으면 좋겠다는 엄마의 무조건적인 응원 덕에 퇴사를 마음먹을 수 있었다. 하지만 얼마 전 말씀하시길. 내가 한창 취업을 준비하고 방황하던 시기에 엄마는 걱정이 돼서 항상 심장이 두근두근 했었다며 '두근두근 병'에 걸린 것 같다고 말씀하셨다. 지금이야 '두근두근 병'이라는 귀여운 단어로 표현하셨지만 만약 내가 퇴사를 고민하고 있던 때. 엄마가 그 말씀을 꺼내셨다면 아마 나는 퇴사를 결심할 수 없었을 것이다.

이처럼 모든 것에는 타이밍이 있다. 그것이 패션이든, 말이든, 퇴사든 말이다. 안 하길 잘했다는 일이 있는가 하면, 그때 했어야만 하는 일이 있기도 하고, 평소라면 대수롭지 않게 넘길 말이, 또 어떤 날은 유독 사무치기도 한다.

물론 타이밍을 잡는 것도 실력이라지만 어차피 알 수 없는 미래이고, 그에 대한 불안에서 자유로울 수 없다면, 당장 마음에 떠오르는 생각과 감정에 집중할 필요도 있는 것 같다.

나는 믿는다. 우리 모두 본인만의 타이밍이 있고, 나의 타이밍도 곧 올 것이라고. 애초에 타이밍이 좋았는지 안 좋았는지는 후에 결과로 결정되는 것뿐이다. 형이 입었던 세미 정장처럼.

금수저니까 공기업 퇴사하지ㅋㅋ

우리 가족은 IMF로 인해 시골로 쫓기듯 이사를 갔다. 몇 년이 흘러도 상황은 나아지지 않았지만 그럼에도 나는 욕심을 부려 타지의 기숙사가 있는 고등학교로 진학했다.

스무 살이 된 나는 3만원을 들고 무전여행을 떠났고

스물넷에 휴학 후 캐나다로 워킹 홀리데이를 떠났다.

스물다섯에 자전거로 유럽을 60일 동안 달렸고.

스물일곱에 친구 집에 얹혀살며 무급으로 스타트업 회사에 다녔다.

스물여덟에 공기업에 취업했지만

스물아홉에 퇴사를 하고

서른에 세계 여행을 떠났다.

서른하나에 돌아온 나는 2주를 다 채우지 못하고 아프리카로 떠났고,

서른둘에 몽골에서 여행 사업에 도전했고

서른셋, 지금 나는 서울에 있다.

최근 유튜브에서 퇴사 후 여행을 떠난 나에게 '금수저니까 가능한 일이다'라는 댓글을 보고 내 삶을 다시 돌아보며 새삼 느낀 게 있다. 내가 금수저가 아님에도 다른 걱정 없이, 오로지 나만 생각하는 선택들을 할 수 있었던 건 형이 있었기에 가능했다는 것이다.

나와는 정반대의 삶을 살아온 형. 전역하던 날 곧장 학교로 가서 복학을 한 형은 한국이 바라는 전형적인 케이스다. 졸업과 동시에 취업을 했고, 단 한 번의 쉼 없이 일을 했고, 서른셋에 결혼을 하고, 별다른 특이점 없이 한 가정의 가장이 되었다.

'형처럼 재미없게 살지는 않을 거야'라고 생각했던 때도 있었지만, 어렸을 때나 지금이나 묵묵히 우리 가족을 지켜준 형이 없었더라면 지금까지 나의 선택들은 꽤 많이 달라졌을 것

솔직히 퇴사 후회하죠?

이다.

  오늘은 그런 형의 생일이다. 형과의 마지막 연락은 카톡 스크롤을 20초쯤 내려야 찾을 수 있긴 하지만 말이다. 1987년의 오늘이 없었다면 내 인생이 지금처럼 다양하고 풍요로울 수 없었다는 걸 형이 알았으면 좋겠다. 그런 의미에서 어쩌면 오늘은 형보다 나에게 더 특별한 날이다.

9년 전 여름, 자전거를 타고 유럽 5개국을 달렸다. 심각한 길치인데다 핸드폰을 소매치기 당했던 나는 내가 어디에 있는지 조차 알지 못했고, 남들이 하루면 가는 거리를 이틀, 사흘이 걸려서야 도착했다. 나는 분명히 직진만 했다고 생각했는데, 달려온 길을 보면 굽이굽이 돌아오고 있었고, 때로는 온종일 달려 엉뚱한 곳에 가기도, 제자리를 맴돌기도 했다.

그럴 때면 길 하나 못 찾는 나에게 화나서 자전거를 던져버리고 집으로 돌아가고 싶다는 생각을 하루에도 수십 번씩 했고, 대체 내가 왜 이 짓을 하고 있나 싶었다. 자전거 여행을 준비하기 위해 시작한 캐나다 워킹 홀리데이부터 지금에 이르기까지 모든 시간들이 허망하게 느껴졌다.

내 인생도 비슷했다. 마주했던 선택의 순간들에 원하는 선택을 해왔고, 그게 옳은 선택이었다고 생각했고, 나의 방향대로 직진하고 있다고 생각했다. 하지만 이제와 돌아본 내 길은 직진도 아니었고, 예상치 않은 곳으로 멀리 돌아왔고, 어디로 향하고 있는지조차 알 수 없었다. 슬럼프는 그럴 때 찾아온다. 아주 조용히, 누구에게나.

중요한 건 슬럼프를 대하는 태도다. 내 자전거는 계획과는 전혀 다른 길을 달리고 있었지만, 이왕 잘못 든 길을 즐기기로 했고. 더 여유를 가지고 휴식을 취했다

정말 중요한 건, 느리긴 했어도 달리는 걸 멈추지 않았다는 것이다. 매일 조금씩, 조금씩 달리다 보니 결국 목적지에 도착했다. 조금은 돌아가고, 조금은 느렸지만, 결국 도착한 것이다. 이리저리 천천히 돌아간 덕분에 훨씬 여유 있는 여행이 되었고, 지치지 않을 수 있었다. 또 원래 계획대로였다면 존재하지 않았을, 소중한 인연들을 얻기도 했다.

이처럼 슬럼프를 겪는 우리에게 가장 필요한 것은 잘 쉬는 것일지도 모른다. 가만히 있질 못하는 우리는 세계 어느 나라 사람보다 노는 법을 잘 알고 있지만 정작 잘 쉬는 법은 알지 못하는 것 같다. 다시 잘 나아가기 위해선 잘 쉬는 법, 가만히 있는 법부터 배워야 하는 게 아닐까.

우리는 슬럼프가 왔을 때 지금 하고 있는 일에 대한 거창한 의미를 찾으려고 애쓰고, 그것을 발견하지 못하면 더 이상 의미가 없는 일이라며 합리화하려 한다. 내가 자전거를 던져버리고 싶었던 그때, 내가 찾으려했던 건 여행을 계속하기 위한 의미가 아니라, 그냥 포기해도 되는 이유였던 건 아닐까.

어쩌면 슬럼프를 극복하는 완벽한 방법 같은 건 없을지도 모른다. 그러니 내가 이 일을 왜 하는지, 이유를 찾지 못했다고 자책할 필요도 없다. 조금 쉬었다가 계속 가보는 것이 어쩌면 이 일의 의미를 발견할 수 있는 가장 좋은 방법일지도 모른다. 남들보다 조금 늦을 수도, 멀리 돌아 갈 수도, 때로는 제자리일 수도 있지만 결국 도착하기만 하면 그만이다.

다만 슬럼프가 왔다는 건 내가 이 일을 왜 하는지에 대해 이유를 찾아봐야할 때가 왔다는 것이다. 그것만 스스로 인지한다면, 슬럼프는 조용히 떠나갈 것이다. 조용히 왔던 그때처럼.

시
간
없
는
세
계

138억 년 전 빅뱅으로 우주가 만들어진 뒤, 5백만 년 전 인류의 조상이 등장했고, 그로부터 수백만 년이 지나서야 인류는 시간이란 개념을 만들었다.

우리가 현재 '날'을 기준으로 시간을 세는 것이 당연한 일은 아니다. 고대 그리스, 로마인들은 '낮'의 길이에 따라 시간을 헤아린 반면 게르만 인들은 '밤'을 기준으로 시간을 계산했고. 오늘날 '주'가 전 세계의 보편적 시간 단위가 된 것은 1941년 이후로, 고작 100년이 채 되지 않았다. 인류가 탄생하고 수백만 년이 지난 시점에서야 7일을 한 주로 구성하고, 각 날에 요

솔직히 퇴사 후회하죠?

일을 붙여 달력을 만들고, 절기와 나이의 개념이 만들어진 것이다.

우리는 시간 속에서 살아간다. 시간을 기준으로 각 나라는 그들만의 문화 프레임이 만들어졌고 우리는 그 시간에 갇혀 있다. 8살엔 학교에 입학하고, 스무 살엔 성인이 되며, 취업을 하고, 결혼을 하고, 은퇴를 하고, 또 몇 살 쯤엔 죽는다고.

만들어진지 100년도 채 되지 않은, 애초에 존재하지도 않았던, 인간의 편의를 위해 만들어진 이 개념 때문에 우리는 무언가를 하기엔 이르다, 늦다는 말을 하곤 한다. 너는 남들보다 빠르구나, 혹은 지금 시작하기엔 늦었어와 같은. 사회적 조건인 동시에 개인이 만들어낸 이 시간의 프레임을 벗어나기란 너무나 어려운 일이다.

독일의 철학자 쇼펜하우어는 시간에 대해 이렇게 말했다. '시간이란 하찮은 존재와 우리 자신에게 일정한 기간의 실제성을 부여하는 척하는 우리 뇌의 발명품'이라고.

'실제성을 부여하는 척' 한다.

애초에 시간이라는 게 정말 존재하긴 하는 걸까? 그저 나고, 살아가고, 죽는 일생을 인간의 편의를 위해 숫자로 재단한 가상의 개념일 뿐인데? 우리가 무심코 받아들인 시간에 오히려 일상을 지배당하고 있는 건 아닌가? 시간은 인류가 만들어낸 가장 위대한 발명품일까, 아니면 우리 스스로를 옥죄는 감옥일까. 만약 우리의 삶에서 시간이란 개념을 지워버린다면 어떨까.

나는 시간 없는 세계에 살고 싶었다. 그래서 서른 살에 퇴사를 하고 여행을 떠났다. 사람들은 내가 퇴사를 한 사실보다 내가 서른 살이었단 사실에 집중했다.

'그 늦은 나이에?'
'다시 취업하기엔 늦다'
'100프로 후회할 거다'

그런데 만약 나이. 즉 시간이란 개념이 없는 세계라면. 나는 그냥 퇴사를 하고 싶을 때 한 것뿐이고, 다시 취업을 하고 싶을 때 하면 될 것이고, 애초에 서로가 몇 살인지 알 수 없으니 이르다 혹은 늦었다는 걱정 자체를 하지도 않을 것이다.

태어난 순간부터 언제 죽을지 알 수 없으며, 서로의 나이도 알 수 없으니, 당연히 이 사람이 언제. 무엇을 하던 늦고 빠르다는 개념은 존재하지 않는다는 것이다. 언제 죽을지 모르지만. 언젠가는 죽는다는 사실만 알 수 있으니 모든 순간들을 그저 살아가면 되는 것이다.

이제 내가 묻고 싶다.

당신은 시간을 소유하고 있는가,

아니면 시간에 지배당하고 있는가.

당신이 정말로 늦었다고 생각하는 이유는 무엇인가?

과연 시간 때문인가?

완벽주의 깨부수기

군 입대를 앞둔 2008년 겨울. 여행은 하고 싶었지만 돈이 없던 나는 차비만 챙겨 2주간 무전여행을 떠났다.

2014년. 스무 살이 넘어 처음 자전거를 배운 나였지만 자전거로 유라시아를 횡단하겠다는 허무맹랑한 꿈을 꿨고, 출퇴근용 자전거를 개조해 무작정 스페인으로 떠나 60일간 유럽 5개국, 총 2,500킬로미터를 달렸다.

2017년. 모아둔 돈 하나 없이 퇴사한 나는 퇴직금을 들고 뉴질랜드로 떠났고, 뉴질랜드, 아프리카, 러시아, 몽골을 거쳐 1년 반 가량을 여행했다.

2019년. 나는 주변인들의 만류를 뿌리치고 8만 원짜리 중고 자전거를 타고 국토종주 완주에 성공했다.

그리고 지금까지의 내 인생을 기록으로 남기기 위해 유튜브를 시작했다. 편집은커녕 촬영도 제대로 해보지 않은 나였지만 2년이 지난 지금 나의 채널에 공감해주는 사람들이 4천 명을 넘어섰다.

가진 것도, 특별한 재주도 없는 내가 이 모든 일들을 할 수 있었던 이유는 그저 '했기' 때문이다. 만약 내가 여행을 위해 돈을 모으고, 자전거를 연습하고, 편집을 공부하고, 완벽한 준비를 하려 했다면, 나는 여전히 준비 중이었을 것이다.

우리는 평소의 삶은 완벽하게 살지 않으면서 무언가 새로운 시작을 할 때는 완벽주의자가 되곤 한다. 그 일이 얼마나 어렵고 힘든 일인지, 얼마나 완벽한 준비가 필요한지 변명하며 스스로를 납득시킨다.

하지만 무언가를 시작하는 가장 빠르고 확실한 방법은 그냥 '하는 것'이다. 일단 시작했다면 그 결과가 어떻든 더 이상 준비 중인 사람이 아니라 시작한 사람이다. 저지르는 순간, 현실이 된다.

애초에 당신이 정말로 완벽주의자라면. '완벽함'이란 있을 수 없는 단어이니,

시작하세요.
준비는 끝나지 않습니다.

퇴
사
해
도
될
까
요
?

나는 과거로 돌아가더라도 아마 똑같은 선택을 할 것 같다. 다만 퇴사에 대해 한 가지 아쉬운 점이 있다면 그 이후의 삶에 대한 구체적인 계획 없이 퇴사를 했다는 것이다. 그리고 그것이 여행에서 돌아와서까지도 나를 끊임없이 괴롭혔다.

평소에 나이는 숫자에 불과하다며 시간에 구애받지 않는 삶을 살겠다고 생각하던 나였음에도 굳이 '서른 전'에 여행을 떠나야 한다고 스스로를 시간에 가두어버렸고, 결국 충분한 준비 없이 섣불리 퇴사를 해버렸다. 만약 그때 '여행하다보면 뭐라도 되겠지'가 아니라 '여행하면서 뭐를 해야지'였다면, 여행 후의 삶이 조금은 수월하지 않았을까 싶다.

지금 퇴사를 고민하는 사람이 있다면 말해주고 싶다.

'퇴사 자체가 궁극적인 해결책은 아니다'라고. 퇴사는 내가 어떠한 목적이 있을 때 그 목적을 이루기 위한 과정에 있을 뿐이지, 그 자체가 목적이 되어버리면 안 된다. 퇴사를 한다고 해서 현재 내가 겪고 있는 어려움이 사라진다거나, 하고 싶은 일이 생기는 것도 아니다.

퇴사를 해서라도 정말로 하고 싶은 일이 있다면, 현재 하고 있는 일을 놓지 않은 상태에서 준비하면 된다. 하고 싶은 일과 하고 있는 일 양쪽 모두에 발을 걸쳐 두고, 하고 싶은 일 쪽으로 조금씩 무게중심을 옮겨가는 것이다. 때로는 과감한 도전이 좋은 결과를 이끌어낼 수도 있겠지만, 경제적인 안정이 뒷받침되지 않으면 그 도전은 오래 갈 수 없고, 행복하기 위해 시작한 도전이 오히려 고행이 되어버릴지도 모른다.

혹여나 이미 퇴사를 하고, 그 선택에 후회하고 있는 사람에게는 이렇게 말해주고 싶다. 결국 그 모든 선택들이 지금의 너를 만들었다고.

　나 역시도 스스로 잘했다고 말할 수 있는 선택들이 있는 반면, 어떤 선택들은 정말 후회스럽고 다시는 떠올리고 싶지도 않다. 하지만 그 어떤 선택도, 내가 원치 않았던 선택은 없었다. 그 당시의 상황과 감정이 흐려져 기억나지 않을 뿐, 나는 분명 그 상황에서 최선의 선택을 했을 것이다. 그러니 과거의 나를 믿고 현재를 살아가면 그만이다.

퇴사 후부터 지금까지 끊임없이 들어왔지만 명확한 답을 내리지 못한 이 질문을, 이제야 새로운 시선에서 바라볼 수 있게 됐다.

이 정도로 답을 내리지 못했다는 건 애초에 질문에 문제가 있는 건 아닐까? 그러고 보니 질문 자체가 이상했다. 회사를 다니는 사람에게 "회사 다니기로 한 거 후회하죠?"라고 묻지는 않지 않나. 남들이 회사를 다니기로 선택한 것처럼, 나도 여행을 위해 퇴사를 선택한 것뿐이다.

행복해지기 위한 방법은 세상을 살아가는 사람의 숫자만큼 다양하다. 그것이 누군가에겐 안정적인 회사 생활일 수도, 퇴근 후의 취미 생활일 수도 있는 것처럼, 퇴사 후 세계 여행이라는 남들이 보기엔 특별해 보이는 이 길도, 결국 내가 행복해지기 위해 선택한 길일 뿐 그저 대수롭지 않은 평범한 이야기일 뿐이다.

삶의 방식이 다를 뿐 결국 우리 모두는 비슷한 고민을 안고 비슷한 감정을 느끼며 살아가는 비슷한 사람들이다. 다양한 세상에 살지만 다양한 선택은 하지 못하는 우리 삶에서, 다른 삶이지만 비슷한 감정을 느끼는 모습을 보며, 약간의 공감과 약간의 위로가 될 수 있길 희망한다.

그때 시작하길 잘했다

군 입대를 앞둔 스무 살 마지막 달, 재수하는 친구들을 만났었다. 친구들을 보고 제일 먼저 들었던 생각은 '난 1년 동안 뭘 한 거지?'였다. 불과 1년 전만 하더라도 난 친구들보다 1년 앞서 간다고 생각했는데, 그들이 간절히 보낸 농도 짙은 1년은, 내가 그저 그렇게 흘려보낸 1년에 비할 바가 아니었다. 그들은 전혀 늦은 게 아니었다.

지금의 나는 서른셋 백수다. 그리고 취업을 준비 중이다.

누군가는 늦었다고 생각할 것이다. 내가 친구들을 보며 생각했던 것처럼.

하지만 난 스물넷에 자전거를 배웠고,

서른이 넘어 세계 여행을 다녀왔고,

같은 나이에 영상 편집을 시작했다.

서른하나에 아무런 도움 없이 사업을 시작했고,

서른셋에 국토대장정에 도전했다.

그리고 지금은 책을 쓰고 있다.

많은 사람들이 내가 늦었다고 했지만, 그 늦은 선택들 덕분에

유럽 5개국을 자전거로 일주할 수 있었고,

세계 23개국을 여행했고,

현재 5천여 명이 내 유튜브 채널을 구독 중이며,

누군가는 평생 경험해보지 못할 내 사업을 시작했다.

또 서울에서 해남 땅끝마을까지 걸어서 국토를 종단했고,

그간의 경험을 책에 담았다.

난 아마 앞으로도 늦은 선택들을 하며 살 것 같다.

하지만 시간이 지난 뒤에는 분명 이렇게 말하겠지.

'그때 시작하길 잘했다.'

솔직히 퇴사 후회하죠?

초판 1쇄 인쇄 | 2021년 8월 26일
초판 1쇄 발행 | 2021년 9월 7일

지은이 | 김민태
펴낸이 | 전준석
펴낸곳 | 시크릿하우스
주소 | 서울특별시 마포구 독막로3길 51, 402호
대표전화 | 02 - 6339 - 0117
팩스 | 02 - 304 - 9122
이메일 | secret@jstone.biz
블로그 | blog.naver.com/jstone2018
페이스북 | @secrethouse2018
인스타그램 | @secrethouse_book
출판등록 | 2018년 10월 1일 제2019 - 000001호

ISBN 979-11-90259-86-6   03810